Christel Rimpp
Spiegel des Horrors

JOY EDITION
Buchverlag • E-Books
and more…

Impressum

Autorin
Christel Rimpp

Verlag
Joy Edition, Verlag
www.joyedition.de

Coverdesign
Rosi Teller

Titelbild
Fotolia

Copyright
Nachdruck verboten. Gleiches gilt für Vervielfältigungen, Übersetzungen, Ablichtungen jeglicher Art und Verarbeitung mit elektronischen Systemen.

Hinweis
Die Personen und Handlungen dieses Buches sind frei erfunden. Übereinstimmungen mit tatsächlich existierenden Personen, Namen und Ereignissen sind daher rein zufällig und ohne jede Bedeutung.

1. Auflage Dezember 2016

ISBN 978-3-945833-65-0

Der Umwelt zuliebe gedruckt auf umweltfreundlichem, chlor- und säurefrei gebleichtem Papier.

Christel Rimpp

Spiegel des Horrors

*Gewidmet meinem Mann,
meinem Sohn, meiner Tochter,
meiner Schwiegertochter, meinem Schwiegersohn,
meinen fünf tollen Enkeln,
meinen beiden Schwestern,
meinen Schwägern,
meinen Nichten und Neffen,
allen meinen Freundinnen und Freunden.*

Inhalt

	Seite
Celina	7
Mike	14
Neuanfang	25
In Oyle	36
Neuer Job	47
Daheim in der Fremde	51
Angst	66
Sören	74
Rachepläne	104
Kathi	114
Sabrina	120
Der Spiegel	126
Finale	134

Celina

Celina hetzte die Treppen hoch. Sie hatte sich mal wieder verspätet. Ihre Kollegen waren Gott sei Dank auch noch nicht da, obwohl zu den wöchentlichen Besprechungen immer alle pünktlich sein sollten. Sie warf ihre Tasche auf ihren Schreibtisch, ordnete die Berichte, die sie heute noch bearbeiten wollte. Wo waren nur die anderen? Hatte sie irgend etwas vergessen? War heute was Besonderes?

Als nach einer halben Stunde immer noch niemand auf dem Stockwerk war, kam sie doch leicht ins Grübeln. Sie ging eine Treppe tiefer, wo sie Stimmen vernahm, und da standen sie alle. Jeder hatte ein Glas Sekt in der Hand, es wurde geplaudert und gelacht. In Gedanken ging sie nochmal alles durch. Hatte jemand Geburtstag? Ist jemand befördert worden? Sie konnte sich aber nicht erinnern, das etwas Derartiges anstand. Langsam ging sie die restlichen Stufen hinunter. Sie zupfte Marita am Ärmel und flüsterte: „Habe ich was verpasst oder vergessen?" „Nein", lachte Marita, „Nicole ist heute volljährig geworden, und hat zu diesem Anlass für alle, sogar für euch im oberen Stock, Sekt und Orangensaft spendiert." Die Spitze mit „oberer Stock" überhörte Celina geflissentlich. Das war normal, im oberen Stock waren die Journalisten und der Chefredakteur untergebracht, im unteren Stock war der Fotosatz angegliedert und unten war die Druckerei. Jetzt sah sie Nicole, mit hochrotem Kopf, strahlend, und im Arm von Mike. Er ließ sie gar nicht los, er küsste sie auf die Wange und gratulierte ihr zum x-ten Mal. Für Celina hätten solche Augenblicke längst auch zur Gewohnheit gehören müssen. Ihr Mike, den sie so liebte, hängte sich an jeden Rockzipfel, und je jünger desto besser. Mike hatte sie noch nicht gesehen, er schob seinen Arm unter Nicoles und meinte: „So, jetzt muss unser Küken aber wieder an die Arbeit, ich werde sie begleiten, sonst geht sie früher heim als erlaubt." Er lachte bei diesen Worten, es sollte ein Scherz sein, aber er führte Nicole tatsächlich hinaus auf den nächsten Gang und schubste sie, unbemerkt von den anderen, in die kleine Abstellkammer und schloss schnell hinter sich die Tür. Nur Celina hatte es bemerkt. Sprachlos stand sie da.

Dass Mike nicht treu war, das wusste so ziemlich jeder, aber dass er sie auf so geschmacklose Weise sie hinterging, noch dazu im gleichen Betrieb, das traf sie zu tiefst.

Celina ging zurück in den 1. Stock. Mikes Büro lag genau gegenüber von ihrem. Sie huschte in sein Büro, sah sich kurz um, nahm den Autoschlüssel und die Papiere aus seiner Jackentasche und verließ eilig das Zimmer. Es war *i h r* Autoschlüssel, es waren *i h r e* Papiere, es war *i h r* Auto, er wohnte in *i h r e r* Wohnung. Sie hatte ihm immer alles gegeben, und weil Mike heute früher ins Büro musste überließ sie ihm ihr Auto, weil zu dieser Zeit die Busverbindungen sehr schlecht waren. Sie selbst war so blöd, und fuhr mit öffentlichen Verkehrsmitteln. Sie wollte so schnell wie möglich diesen Platz verlassen und rannte die Treppen hinunter. Als sie an der Abstellkammer vorbeikam, riss sie die Tür auf rief nur hinein: „Ach übrigens, du kannst deine Koffer nachher packen. Sei so nett und lege die Wohnungsschlüssel auf den Küchentisch. Ich wünsche euch noch einen schönen Tag." Damit schloss sie die Tür wieder. Es klang alles ganz cool und teilnahmslos, aber was es Celina an Kraft gekostet hatte, konnte niemand ermessen.

Mike und Nicole waren so erschrocken, dass sie kein Wort herausbrachten, und obwohl die Tür schon wieder geschlossen war, starrten sie noch immer dorthin.

Mike war die Lust vergangen, im wahrsten Sinne des Wortes, er zog sich hastig an, maulte Nicole an, sie solle sich gefälligst auch beeilen, schließlich hätten sie ja noch eine Arbeit nebenbei zu erledigen, eilte hinaus und ließ Nicole allein zurück. Er machte nicht einmal den Versuch seinen Ausflug in die Abstellkammer zu vertuschen, ihm war es in diesem Moment egal, ob ihn jemand dort herauskommen sah, er rannte nur hinter Celina her.

Das war ihm noch nie passiert, Celina war sonst immer so ahnungslos, und wenn sie einen Verdacht hegte, so konnte er sie immer mit Blumen und einem schönen Abendessen vom Gegenteil überzeugen. Aber das hier, das war schwierig, ihr das zu erklären. Aber erst einmal musste er sie erwischen und mit ihr reden.

Eigentlich wollte sie so schnell wie möglich zu ihrem Auto, unterwegs überlegte sie es sich aber anders. Sie ging zurück in ihr Büro, packte ihre Sachen, legte all ihre privaten Dinge in eine leere Schachtel, klemmte sich die Tasche noch unter den Arm. Ihr Kollege Herbert, der ihr im Büro gegenübersaß, beobachtete sie erstaunt, traute sich aber nicht sie anzusprechen.

Ihr Gesicht verriet Zorn, Wut, Enttäuschung, Trauer, und aus den Augen blitzte es: „Geht mir aus dem Weg". Ihr Schreibtisch war nun aufgeräumt, sie nahm ihre Notizen und legte sie Herbert auf den Tisch und sagte nur: „Das muss heute noch mit in den Regionalteil." Sie fragte nicht: „Kannst du das für mich übernehmen?", Oder „Könntest du das für mich erledigen?" Nein, es klang wie ein Befehl und duldete keinen Widerspruch.

Danach ging sie zu ihrem Chef, klopfte an, und wartete nicht einmal auf sein „Herein", sondern stürmte gleich hinein.

Herr Richling war äußerst überrascht über dieses Verhalten und noch ehe er was sagen konnte, sagte Celina: „Ich möchte ab sofort kündigen." Bitte stellen sie mir ein Zeugnis aus, ich werde es morgen Mittag abholen. Danke." Nach diesen Worten machte sie kehrt und wollte genauso stürmisch das Zimmer verlassen, wie sie es betreten hatte.

Aber da machte Herr Richling nicht mit: „Was soll das denn, spielen bei ihnen die Hormone verrückt, was fällt ihnen überhaupt ein hier so hereinzuplatzen. Und so Holter-di-Polter geht das mit dem Kündigen nicht, auch sie haben sich an Kündigungsfristen zu halten meine Liebe."

Celina antwortete kühl: „Ich hatte die letzten beiden Jahre keinen richtigen Urlaub, höchstens mal ein oder zwei Tage so zwischendurch, wenn ich das zusammenrechne, und zusätzlich meine Überstunden abfeiere, dann kann ich sofort gehen." Sprach's und ging. Rums, die Tür war zu. Herr Richling war zutiefst getroffen. Das hatte er noch nicht erlebt, es musste etwas vorgefallen sein, er musste nochmal mir ihr reden, sie war eine sehr wertvolle Kraft, zuverlässig, gut und schnell. Er konnte sie nicht einfach so gehen lassen. Er schüttelte den Kopf und murmelte nur: „Weiber."

Celina schaffte es noch mit hocherhobenem Kopf bis zu ihrem Auto, und aus der Tiefgarage hinaus, dann rollten ihre Tränen unaufhörlich ihre Wangen hinunter. Sie konnte kaum etwas auf der Straße erkennen. Sie wollte noch nicht nach Hause, aber zu wem sollte sie gehen? Ihre Eltern kamen vor 6 Jahren bei einem Autounfall ums Leben, und mit ihrer Schwester Sabrina verstand sie sich nicht besonders. Freunde hatte sie keine, sie hatte nie die Zeit sich einen Kreis um sich aufzubauen, zuerst kam Mike und dann die Arbeit. Und wenn Mike bei ihr war, wünschte sie sich nichts sehnlicher, als mit ihm alleine zu sein.

„Gott war ich blöd", heulte sie vor sich hin, „ich wollte es nie glauben, dass Mike mich betrog", wieviele hatte er schon vor mir und während unserer drei Jahre, in denen wir zusammen waren? Zusammen – lachhaft, er hat nur seinen Vorteil daraus gezogen. Er hat mich ausgenutzt, das muss ich mir immer wieder sagen, er liebt mich nicht!" schrie es aus ihr heraus. Plötzlich quietschten Reifen, sie hatte ein Stopp-Schild überfahren, und fast wäre ihr jemand in die Seite gefahren.

Celina hielt nicht an, fuhr mit tränenverschleiertem Blick weiter, achtete nicht auf die anderen Autofahrer. Sie wusste nicht mehr wie sie heimgekommen war. Sie kramte den Wohnungsschlüssel aus ihrer Tasche und schloss die kleine gemütliche 2-Zimmer-Wohnung auf. Hastig schloss sie hinter sich gleich wieder ab. Sie dachte daran, dass Mike ja auch einen Schlüssel hatte. Auf dem Schlafzimmerschrank lag ein alter Koffer, in dem sie kleine Souvenirs, Liebesbriefe und eben ganz persönliche Dinge und Erinnerungsstücke aufbewahrte. Den nahm sie vorsichtig herunter, leerte die Sachen auf dem Bett aus, öffnete den Schrank und nahm alle Kleidungsstücke von Mike heraus und warf sie in den Koffer. Alles was sie von ihm finden konnte, packte sie dort hinein. Als sie nichts mehr fand was ihm gehörte, stellte sie den offenen Koffer vor die Tür. Sie hatte zwar versucht ihn zu schließen, aber das war bei der Menge unmöglich, also band sie eine Schnur herum, eben nur so, dass der Kofferdeckel nicht ganz aufging. Danach schloss sie ihre Wohnung wieder ab, und ließ den Schlüssel stecken, damit man die Tür von außen nicht aufmachen konnte.

Celina setzte sich an ihren Schreibtisch im Wohnzimmer und schrieb an ihre Wohnungsvermieterin ein kleines Schreiben, darin stand, dass sie aus privaten und geschäftlichen Gründen wegziehen müsse. Sie würde auch für eine Nachmieterin sorgen. Für diesen Monat hatte sie die Miete schon bezahlt. Dann rief sie ihre Schwester Sabrina an. Gott sei Dank war sie gleich am

Telefon. Celina wusste dass ihre Schwester aus ihrer jetzigen Wohnung ausziehen wollte, weil sie zu klein, zu laut, zu teuer und weiß was Gott noch was war.

Sabrina war nie zufrieden mit dem was sie hatte, sie wollte immer mehr, aber Celinas Wohnung hatte ihr schon immer gefallen. Nachdem Celina ihr erklärt hatte, dass sie wegziehen würde, und sie als Nachmieterin einziehen könne, freute sich Sabrina natürlich sehr, aber sie klang auch ein wenig skeptisch. „Was ist passiert, dass du so schnell Leine ziehst?" Hast du Ärger im Büro gehabt, oder hat dich Mike versetzt?" Dabei lachte sie, als wenn sie einen ungeheuren Scherz gemacht hätte. Celina war aber nicht bereit ihrer Schwester alles zu erklären, dazu war sie auch viel zu fertig heute.

Sie erklärte ihr nur, dass man ihr einen Job in Norddeutschland angeboten hätte, den sie nicht ausschlagen könne. „Was, so schnell, ja wo denn?". „Das erkläre ich dir später, ich habe noch eine Menge vorzubereiten, also bis später, ich melde mich nochmal bei dir, ab nächsten Monat kannst du hier einziehen, die Möbel lasse ich dir drin, ich will nichts mitnehmen, gar nichts." Die letzten Worte schrie sie förmlich nur so raus. Dann legte Celina auf. Sie wartete gar nicht erst auf eine Antwort.

Wieso hatte sie ihrer Schwester was von Norddeutschland gesagt, wie kam sie nur darauf? Das war ja mal wieder typisch für sie. Es musste immer alles sofort passieren, es musste spontan sein, sie wusste nur eines sicher, sie wollte von hier fort, weit weit weg.

Mike

Sie setzte sich an ihren Computer und suchte nach Stellenanzeigen. Da stach eine Anzeige ihr ins Auge: „Nienburger Tagblatt suchte ein/e Redakteur/in" für sofort. Nienburg war Norddeutschland, es kam ihr wie ein Wink des Schicksals vor.

Nein, sie wollte nicht anrufen, sie wollte nicht schreiben, sie wollte selbst vorbeikommen.

Celina packte ein zweites Mal an diesem Nachmittag. Aber eine innere Stimme mahnte sie zur Vorsicht. Sie war viel zu aufgewühlt, zu aufgeregt, als dass sie 7 Stunden Autofahrt (mindestens) unbeschadet überstehen würde. Aber morgen früh, wollte sie losfahren.

Sie packte weiter ihren Koffer. Celina wusste ja nicht, wie lange sie dort sein würde, ob sie überhaupt den Job bekam, wie es mit Wohnungen aussah etc.

Also ein paar Tage würde sie schon dort bleiben, wenn alles klappte. Während des Packens wurde sie ruhiger, es war, als ob sie jemand an die Hand genommen hätte und gesagt: „Schau Celina, das ist der Weg, den musst du gehen, fang ganz von vorne an, du schaffst das schon." Sie hatte nicht bemerkt, dass sie die Worte selbst aussprach, immer wieder und immer wieder.

Das Klingeln an der Tür wurde heftiger, es wurde dagegengetreten, geklopft, gerufen, geschrien.

Und wie in Trance wiederholte Celina die Worte: „ Das ist der richtige Weg, ich fange ganz von vorne an." Und je lauter es vor der Tür wurde, um so lauter sprach Celina.

Mike gab nicht so schnell auf, er hämmerte bereits seit einer dreiviertel Stunde, dass sich die Nachbarn schon beschwerten. Der alleinstehende Herr unter Celinas Wohnung, rief sogar die Polizei. Doch bevor die Beamten ankamen, hatte Mike das Haus mitsamt seinem überquellenden Koffer verlassen.

Er war wütend, nicht mehr auf sich, dass er so unvorsichtig war, nein auf Celina, die blöde Kuh, die ihn auf die Straße gesetzt hatte, *ihn*, Mike, so was war ihm noch nie passiert. Er war so zornig, dass er gegen Celinas Autotür trat und eine große Delle von dieser Tat zeugte.

Mike rief ein Taxi, und als der Chauffeur fragte wohin es denn gehe, musste Mike tatsächlich überlegen. Zu wem konnte er gehen? Die Mädchen, mit denen er etwas gehabt hatte, waren meist nur als Zeitvertreib gedacht, bei keinem hätte er wohnen wollen.

Da fiel ihm Sabrina ein. Er wusste dass sie ihn mochte und zudem immer Schwierigkeiten mit ihrer Schwester hatte. Er würde ihr schon irgend etwas Plausibles erklären, bei ihr könnte er sicher eine Nacht bleiben. Mike ging davon aus, dass Celina morgen wieder vernünftig werden würde.

Sabrina war höchst überrascht als sie Mike sah. Aber sie freute sich auch über seinen Besuch. Sie konnte Mike schon immer gut leiden, und sie fragte auch nicht, warum er einen Koffer bei sich hatte, er würde ihr schon alles erklären. Mike fand es sehr anständig von Sabrina dass sie ihn nicht mit Fragen löcherte und fing von sich aus an einiges zu erzählen.

„Ich bin froh dass ich heute Nacht bei dir bleiben kann, deine Schwester tickt mal wieder nicht ganz richtig. Es gab nichts zwischen uns, ich hatte im Geschäft nur einer Kollegin zum Geburtstag gratuliert, ihr ein Küsschen auf die Wange gedrückt, das hat sie gesehen und hat sich dabei was weiß ich für Dinge ausgedacht, rennt von ihrem Job weg und stellt mir die Koffer vor die Tür, die hat ja nicht mehr alle Tassen im Schrank. Aber du kennst sie ja, vielleicht sogar besser als ich, morgen kommt sie wieder angekrochen mit den Worten, „tut mir ja so Leid". Bei diesen Worten verzog Mike das Gesicht und verstellte seine Stimme, als ob Celina das gesagt hätte.

Sabrina lachte nur, „ja, ich kenne sie, aber du weißt auch, dass sie ein absolut treuer Mensch ist und keinerlei Verständnis für solche Eskapaden hat."

Mike tat zerknirscht, aber Sabrina nahm ihm das nicht ab. In ihren Augen war ihre Schwester ein langweiliges, puritanisches Wesen, ohne Humor, die so einen Freund wie Mike nicht verdiente. Was war denn schon dabei wenn er sich mit Freundinnen vergnügte, er kam doch immer wieder zu Celina zurück, sie hatte doch selbst Schuld wenn er sich bei anderen das holte, was er bei ihr nicht bekam. Sie, Sabrina hätte da viel mehr Verständnis für ihn, vielleicht sollte sie ihn trösten, mal sehen was daraus wurde.

Mit diesen Gedanken ging sie in die Küche, nahm zwei Gläser aus dem Schrank und füllte sie mit eisgekühltem Whiskey. Sie drückte ihm das Glas in die Hand und prostete ihm zu. „Auf uns", meinte sie, „auf die armen ‚Hinterliebenen'." Mike grinste. Er wusste dass Sabrina ein ähnliches Liebesleben pflegte wie er, deswegen hatte sie auch Verständnis für ihn. Eigentlich verstanden sie sich immer schon bestens. Er hätte durchaus auch mit ihr leben können, aber ihr Lebensstil lag weiter unter dem ihrer Schwester, sie hatte kein Auto, nicht mal ein altes, das sie mit ihm hätte teilen können, lebte nur in einem kleinen 1-Zimmer-Appartement, ging selten aus, und wenn, dann nur mit jemandem, der auch für sie bezahlte.

Das wollte er aber nicht. Da war Celina großzügiger, leichtgläubiger und auch schnell zu besänftigen. Denn wenn Sabrina mal sauer war, dann konnte das lange dauern, bis sie verzeihen konnte.

Aber den heutigen Abend wollte er doch mit ihr genießen, morgen war ein neuer Tag, bis dahin hatte Celina sich beruhigt und mit einem schönen Abendessen bei Kerzenschein und einer langstieligen roten Rose war wieder alles im Lot, davon war er überzeugt.

*

Inzwischen hatte Celina alles für ihre Abreise gepackt. Sogar die Betten hatte sie für ihre Schwester frisch bezogen, das Auto war vollgestopft mit Dingen, die sie für die ersten zwei Wochen brauchte. Danach wollte sie weitersehen. Entweder sie bekam den Job, dann musste sie auf die Schnelle eine Wohnung suchen, oder sie bekam den Job nicht, dann...... ja was dann? Darüber hatte sie sich keine Gedanken gemacht, es musste einfach klappen, zurück wollte sie in keinem, in gar keinem Fall mehr.

Es gab niemanden, den sie groß vermissen würde. Sicher, ein paar Kolleginnen und Kollegen, mit denen sie gut auskam, würden ihr fehlen, aber auch nicht so, dass sie unbedingt diese Bekanntschaften aufrecht halten müsste. Und ihre Schwester? Na ja, sie liebte Sabrina zwar, aber sie hatten ständig Streit. Streit wegen Nichtigkeiten, Sabrina neidete ihrer Schwester den Erfolg im Beruf, das bessere Gehalt als Redakteurin, die größere Wohnung, das Auto etc.. Dass sie, Celina, dafür aber hart arbeiten musste, daran verschwendete ihre Schwester keinen Gedanken.

Sabrina war in einem kleinen Modegeschäft Verkäuferin. Sie nannte es zwar immer „Modeberaterin", aber die konnten ihr eben nur ein kleines Gehalt bezahlen, dafür bekam sie jeden zweiten Monat einen Gutschein über 50 Euro in diesem Laden, den sie auch kräftig ausnutzte und meistens noch einiges draufzahlen musste.

Celina war mit allem fertig. Während ihrem hektischen Packen und Planen dachte sie nicht an Mike, aber jetzt, als sie zur Ruhe kam, überkam es sie wie eine riesige Welle.

Sie fasste sich an die Brust, als ob sie dadurch mehr Luft bekäme, sie öffnete das Fenster, aber es war so kalt, windig und nass, dass sie es sofort wieder schloss, sie ließ sich ein Bad ein, setzte sich auf den Wannenrand und sah zu wie das warme Wasser hineinfloss. Tränen rannen ihr über die Wangen. Nein, kein Bad, sie zog den Stöpsel wieder raus und ließ das Wasser ablaufen. Sie setzte sich auf das Sofa und machte den Fernseher an.

Es kam nur Scheiße, absolute Scheiße im Programm. Sie schaltete das Radio an, ihren Lieblingssender, und ausgerechnet jetzt wurde „Tu t´en vas" gespielt, der Titel bei dem sie sich in Mike verliebt hatte. Sie beide tanzten auf einer „After-Work-Party" im obersten Stock des Verlagsgebäudes. Es hatte bei ihr sofort gefunkt und eigentlich dachte sie, dass es bei Mike ebenso war, jetzt glaubte sie es nicht mehr, jetzt wusste sie, dass das eine Masche von ihm war und blöd wie verliebte Frauen sind, fiel sie auf seine dunklen Augen, seine herrlich tiefe Stimme und seine sportliche Erscheinung rein.

„Okay", sagte sie laut, „vorbei ist vorbei, ich kann auch ohne dich glücklich sein". Bei diesen Worten fing sie wieder an zu weinen. Sie konnte ihre Tränen nicht zurückhalten. Sie schaltete das perverse Radio aus, schnappte sich eine Schmusedecke und setzte sich auf die Fensterbank, zog ihre Beine an lehnte sich mit dem Rücken an den Fensterrahmen und stieß mit ihren Beinen an den anderen.

Sie zog die Vorhänge zurück, sodass ihr Blick in den verregneten lausig kalten Garten fiel. Der Wind peitschte den Regen gegen die Scheiben, aber die Regentropfen sah sie nicht richtig, weil ihre Augen voller Tränen waren.

Sie wusste nicht wie lange sie so dasaß, irgendwann war ihr diese Sitzposition zu ungemütlich und sie legte sich auf die Couch, zog die Decken bis unter das Kinn und schlief ein. Sie träumte wild und durcheinander und wachte mitten in der Nacht auf, weil ihre Decke auf dem Boden lag und sie fror.

Sie hätte eigentlich in ihr Bett gehen können, aber sie wollte nicht, weil sie es bereits für ihre Schwester bezogen hatte.

Celina ging in die Küche und holte sich was zum Trinken, Hunger hatte sie keinen.

Es war 3 Uhr morgens. Schlafen konnte sie nicht mehr, das wusste sie. Warum also sollte sie nicht jetzt losfahren, in 7 bis 8 Stunden konnte sie in Nienburg sein. Die richtige Zeit für ein Vorstellungsgespräch, das sie nicht mit der Zeitung abgesprochen hatte, die keine Ahnung von ihr hatten und dessen Stelle vielleicht schon besetzt war. So was Verrücktes hatte sie noch nie getan, solche Dinge hätten von ihrer Schwester kommen können, schlugen nun die Gene ihrer Eltern durch? Wenn ja von wem? Von Papa, der stets besonnen war oder von Mama, die sich immer auf die Seite ihres Mannes schlug? Die Großeltern kannte sie leider nicht, aber vermutlich waren sie es, wer sonst.

Sie machte sich einen starken Kaffee und zwang sich ein Toastbrot mit Käse zu essen. Danach räumte sie die Küche auf, nahm ihre Decke mit ins Auto – für den Notfall – dachte sie, falls sie keine bezahlbare Unterkunft finden konnte.

Sie schloss die Wohnung ab, legte den Schlüssel unter den Fußabstreifer, wo jeder Einbrecher zuerst suchen würde, aber das war ihr egal.

Sie setzte sich in ihr Auto, nahm das Navi in die Hand, gab die Postleitzahl von Nienburg ein, steckte es in die Halterung an der Frontscheibe, stellte das Radio ein und fühlte seltsamerweise eine Ruhe in sich, dass sie sogar lächeln konnte. Sie malte sich die Gesichter von Mike, ihrer Schwester und ihren Kollegen und Kolleginnen aus, wenn sie erfuhren, dass sie nicht mehr da war. Irgendwie machte es sie stolz, diesen Schritt ins Ungewisse zu tun. Sie war jung, war gut in ihrem Job, war ungebunden – frei – frei – frei.

*

Die Nacht verlief für Sabrina und Mike sehr unterhaltsam. Da Sabrina nur ein Bett hatte, und sie Mike die durchgesessene Couch nicht anbieten wollte verbrachten, sie die Nacht in eben diesem 140 x 220 cm-Jugendbett. Mike war nicht böse darum, hatte er doch wieder einmal eine Gelegenheit seine Männlichkeit an einem hübschen weiblichen Wesen zu testen. Sabrina war genau der Typ Frau, den er so bevorzugte, in Sachen Sex sehr erfahren, leidenschaftlich aber ohne ihn am Day after in Bedrängnis zu bringen die Zukunft gemeinsam zu planen. Die Nacht war schön, sehr schön mit Sabrina, das war's dann aber auch. Er machte noch das Frühstück, um dann rechtzeitig ins Büro zu kommen. Mike bedankte sich bei Sabrina sehr herzlich und ehrlich, denn was hätte er auch ohne sie getan. Sabrina lachte nur wieder und meinte: „Na dann, viel Vergnügen und Erfolg bei deiner Rückkehr zu meinem Schwesterherz, musst ihr ja nicht sagen wo du die Nacht verbracht hast, das würde nur doppelt so viel Ärger geben, deine Sachen kannst du ja später mal abholen, tschüss, war schön, immer mal wieder du Schluri".

Sie zog die Tür hinter sich zu um sich nun selbst zu richten und ins Geschäft zu kommen. Der Laden wurde erst um 10 Uhr im Ladencenter geöffnet, da hatte sie noch massig Zeit sich fertig zu machen.

Mike fuhr direkt ins Büro. In Gedanken legte er sich schon was zurecht was er Celina sagen wollte. Sollte er ihr grollen, weil sie nicht geöffnet hatte? Sollte er zerknirscht sein weil sie ihn mit Nicole erwischt hat? Sollte er sie einfach ignorieren und warten was kommt? Das alles ging ihm durch den Kopf als er immer zwei Stufen auf einmal nehmend in den 1. Stock eilte. Es war seltsam ruhig hier. Die Türen standen immer alle offen, bis auf das Zimmer vom Chefredakteur. Die Zimmer waren meist mit zwei Personen besetzt. Auch bei Celinas Büro stand die Tür offen aber ihr Kollege saß allein an seinem Schreibtisch und schaute ihn mürrisch an.

„Wo ist Celina", raunzte Mike ihn an ohne einen Guten-Morgen-Gruß. „Was weiß ich, du müsstest es doch wissen, sie hat doch gestern fristlos gekündigt, keiner weiß warum."

Mike war sprachlos, er musste sich setzen und ließ sich auf Celinas Platz nieder. Ihr Schreibtisch war leergeräumt, ihre Kaffeetasse, das einzige Persönliche an dieser Stelle, war weg, ihr Diktiergerät fehlte und die Unterlagen hatte ihr Kollege übernommen.

„Das ist ja ein Ding", entfuhr es Mike, „ich muss zu ihr, bin bald wieder da wenn man nach mir sucht". Nach diesen Worten verließ er fluchtartig das Büro, rannte hinunter, tja, wie sollte er so schnell zu Celina kommen, er musste heute mit der S-Bahn fahren und den Rest zu Fuß laufen. Da er aber sonst meistens das Auto von ihr hatte, kannte er die Fahrpläne nicht. Also rief er ein Taxi, das war auch bequemer, und wartete vor dem Verlagsgebäude.

Als der Taxifahrer ankam, wurde er erst mal von Mike beschimpft wo er denn so lange geblieben sei, er hätte es schließlich dringend gemacht.

Der Fahrer war wohl so übellaunige Fahrgäste gewohnt, zeigte nur nach hinten, er solle einsteigen und fuhr dann los.

Mike bezahlte ihn an der Endstation ohne Trinkgeld, stürzte aus dem Auto zum Haus und stand vor verschlossener Tür. Er klingelte an mehreren Wohnungen auch an Celinas, bis endlich jemand ihn ins Haus rein ließ. Er wusste nicht, ob es vielleicht Celina selbst war die geöffnet hatte. Aber da stand er nun vor dieser Tür, die immer noch oder schon wieder geschlossen war.

Er spürte unter seinen Füßen etwas Hartes und entdeckte unter der Fußmatte den Schlüssel. Mike war jetzt wütend. So konnte sie nicht mit ihm umspringen. Wo war sie, wahrscheinlich hatte sie irgendwo einen Zettel hinterlassen wo sie sich treffen könnten, „auf neutralem Boden" wie sie so gerne sagte wenn sie mal wieder gestritten hatten.

Er schloss die Tür auf und ging hinein. Dabei rief er ihren Namen, zuerst forsch und fordernd, aber nach dem 5. Mal wurde er unsicher. Er ging durch alle Zimmer, nichts, kein Brief, keine Nachricht, er schaute auf sein Handy, nichts. Jetzt war er platt. Die einzige Möglichkeit war noch Sabrina, vielleicht hatte sie in der Zwischenzeit was von ihr gehört. Er rief bei ihr zuhause an. Die Nummer lag neben dem Telefon. Sabrina meldete sich nicht. Wahrscheinlich war sie schon im Laden. Er versuchte es auf ihrem Handy und tatsächlich, nach dem 3. Läuten ging sie ran. „Hast du was von deiner Schwester gehört?" fragte er ohne Umschweife.

„Ja, sie hatte vor 10 Minuten angerufen, dass sie auf dem Weg nach Norddeutschland sei und ich ihre Wohnung haben könnte, als Nachmieterin sozusagen, das hatte sie zwar gestern schon angedeutet, ich habe das aber nicht ernst genommen, nu isse weg". „Was Nachmieterin", kommt sie nicht zurück? Und wo ist sie genau hin?" fragte er verwundert. „Keine Ahnung, aber sie wird sich sicher irgendwann melden, ich freu mich, dass ich ihre Wohnung haben kann, das ist viel wichtiger". Mike meinte nur: „Wieso bekommst du die Wohnung? Ich wohne doch schließlich drin". „Na ja, erstens gehört die Wohnung *n u r* meiner Schwester, und die hat dich rausgeworfen, also ziehe ich ein, ist doch logisch, also schaff´s noch gut, bis bald, tschüss."

Damit legte sie auf und ließ einen entsetzten, enttäuschten und verwunderten Mike zurück, der immer noch den Hörer in der Hand hielt, als könne er nicht glauben, was er eben gehört hat.

Tja, nun wurde die Situation für ihn brenzlig. Er hatte keine Wohnung, kein Auto, seine Sachen waren bei Sabrina, also musste er was unternehmen, er wusste auch schon was.

Neuanfang

Celina war nun schon 4 Stunden unterwegs und es meldete sich langsam ihr Hunger. An der nächsten Ausfahrt wollte sie rausfahren und frühstücken. Die Scheibe Toast hatte nicht lange angehalten. Auf dem Parkplatz bei der Raststätte schaute sie nochmal auf ihr Navigationsgerät und las die restliche Entfernung ab. Es waren noch 312 Kilometer. Das ging. 312 Kilometer zu einem neuen Leben, einem neuen Job? Mal sehen was die Zukunft so für sie bereithielt. Was Celina aber verwunderte war die Tatsache, dass sie keinerlei Trauer mehr verspürte, dass ihr die Trennung von Mike zum jetzigen Zeitpunkt nicht mehr so zu Herzen ging, wie noch vor ein paar Stunden. Unerklärlich war auch das Gefühl der Freude auf ein neues unbekanntes Leben. Seltsam, sie verschwendete auch kaum Gedanken an ihre Schwester, sie wusste, dass Sabrina gern in ihre Wohnung zog und hoffte nur, dass sie auch pünktlich die Miete zahlte, aber das lag schon ganz weit hinter ihr, ohne Belang für sie im Moment.

Nach ihrem ausgiebigen Frühstück und zwei großen Tassen Kaffee, machte sie sich wieder auf den Weg.

Um die Mittagszeit kam sie in Nienburg an, und weil sie ja nicht gerade um diese Zeit auf Jobsuche gehen wollte, suchte sie ein nettes kleines Lokal, wo sie essen konnte. Es war ein gemütliches Restaurant mit einer kleinen aber feinen Speisekarte. Celina bestellte sich das Mittagsmenue mit einer großen Cola. Die Bedienung war sehr freundlich und brachte das Gewünschte auch schnell, denn es waren nur ein paar Personen da. Als Celina fertig war und bezahlte, fragte sie die Bedienung nach dem Nienburger Tagblatt. Nun war die Neugierde dieser Frau geweckt und sie fragte ob sie etwas Besonderes dort suchte. Celina gab bereitwillig Auskunft, in der Hoffnung nun die Adresse und die Wegbeschreibung zu bekommen.

Das Verlagsgebäude war nicht sehr weit weg von diesem Restaurant, leicht zu finden und die Bedienung wünschte ihr Glück für den Job.

Als Celina vor dem Gebäude stand, hatte sie doch starkes Herzklopfen. Sie zupfte nochmals ihre weiße Bluse zurecht, strich sich den engen schwarzen Rock glatt, der ihr bis kurz übers Knie reichte, zog sich den passenden Blouson drüber, schaute nochmals in den Rückspiegel ihres Autos, um darin den sichtbaren Teil ihrer Frisur zu begutachten, wechselte ihre Sandalen mit einem paar schwarzer hochhackiger Pumps. Dann sprach sie sich selber Mut zu und sagte laut: „Auf in den Kampf".

An der Rezeption bzw. Annahme der Zeitung fragte sie höflich nach der Personalstelle. Die Frau hinter dem Glasfenster fragte höflich ob sie einen Termin habe.

„Leider nein", aber sie wollte sich für die Stelle als Redakteurin bewerben, die in der Anzeige gesucht wurde, antwortete Celina.

„Tut mir Leid, aber ohne Termin kann ich sie leider nicht zu Herrn Steinfeld lassen", meinte die Dame freundlich aber bestimmt.

In diesem Augenblick kam eine Kollegin hinter dem Fenster hereingerauscht und entschuldigte sich für das Zuspätkommen, dabei lachte sie aber und die Dame, die Celina abgelehnt hatte konnte nur seufzen, „Ach Kathi, wann bist du jemals pünktlich gewesen, ich gehe jetzt, viel Spaß bei der Arbeit, ciau." Dabei drehte sie sich um und verließ den Raum.

Kathi, die noch außer Atem war, fragte Celina, was sie für sie tun könne. Kathi hatte also nichts mitbekommen überlegte Celina blitzschnell und meinte frech: „Ich habe einen Termin bei Herrn Steinberg (so hieß doch der Kerl zu dem sie musste oder?). „O.k.", meinte Kathi, „Herr Steinfeld ist im 1. Stock, Zimmer 112, den Gang da hinunter geht's zum Aufzug, ich melde sie inzwischen an, wie war doch gleich der Name?". „Celina Meisner." „Er heißt übrigens Steinfeld, nicht Steinberg, aber diesen Fehler machen viele", meinte Kathi gutgelaunt.

Celina beeilte sich zum Aufzug zu kommen, ehe Kathi bemerkte, dass sie gar keinen Termin bei diesem Steinmichel hatte.

Der Aufzug kam und in diesem Moment rief auch die nette Dame vom Empfang: „Halt halt", und fuchtelte dabei heftig mit den Armen. Celina ignorierte das und hatte schon den 1. Stock gedrückt. „1. Stock verfolgt mich wohl", ging ihr durch den Kopf. Als sie oben angekommen war, suchte sie das Zimmer 112. Es war am Ende des Ganges. Sie klopfte an, ohne es sich nochmals zu überlegen. Von innen tönte ein tiefes brummiges „Herein". Celina trat ein.

Vor ihr stand ein Riese von Mann, 1,95, 2,00 m? Breit, mächtig, grimmig, kahlköpfig und seine Brust drohte die Hemdknöpfe zu sprengen. „Ups", entfuhr es Celina, das waren nicht die Worte die sie eigentlich sagen wollte, aber dieser Mann stand so drohend und groß vor ihr, dass sie sich klein und zierlich vorkam. „Entschuldigung", brachte sie gerademal so heraus, „ich wollte mich für die Stelle als Redakteurin bei ihnen bewerben.

„Aha", dröhnte es zurück. „Papiere, Zeugnisse, irgendwelche Unterlagen, Ausweispapiere etc?". Dieser Steinfritze redete im Stenogrammstil. Er wirkte sehr herablassend, da war ihr früherer Chef ja fast von der Heils-Armee. „Also", sagte Celina etwas ausweichend, „ich habe mich spontan, sehr spontan entschlossen, hier eine neue Arbeitsstelle anzutreten, da ich etwas Neues beginnen wollte. Mein alter Arbeitgeber wird in den nächsten Tagen mein Zeugnis und die fehlenden Papiere nachsenden, sie können sich aber gerne telefonisch mit ihm in Verbindung setzen." Bei den letzten Worten dachte sie nur „hoffentlich nicht, hoffentlich ruft er nicht an, wer weiß wie mein alter Chef darauf reagieren würde". Herr Steinfeld begnügte sich aber damit, sie auszufragen was sie bisher gemacht hätte und ob sie gleich morgen anfangen könnte.

Celina war platt, das hatte sie nicht erwartet. Herr Steinfeld meinte nur, dass sich zwar ein paar Leute sich auf die Anzeige gemeldet hätten, aber alle noch in ungekündigter Stelle befunden hätten. Er benötige aber sofort was Brauchbares.

„Klar kann ich morgen anfangen, kein Problem, wo soll ich mich melden?"

„Gehen Sie zum Empfang, da wird ihnen das Nötige gesagt und gezeigt, auf Wiedersehen".

Damit ging er zu seinem Schreibtisch, und öffnete einen Ordner und ignorierte Celina, die noch dastand und keine Worte finden konnte. „Ist noch was", fragt Herr Steinfeld ungeduldig. „Nein, nein", stotterte Celina, „könnten sie mir vielleicht noch sagen wo ich eine kleine Wohnung finden könnte?" „Das geht mich nichts an, fragen sie bei der Annahme, auf Wiedersehen".

Celina verließ den Raum wie in Trance. Konnte es sein, dass sie einen Job hatte? Dieser Typ wusste doch gar nichts über sie, sie hätte ja auch eine Lügnerin sein können, eine Spionin, eine Terroristin, „mein Gott jetzt spinnst du aber" schalt sie sich selbst.

Sie fuhr mit dem Aufzug nach unten zur Annahme, da stand diese Kathi an der Tür und beobachtete sie. „Sie haben ja vielleicht Nerven", grinste sie, „das macht ihnen so schnell niemand nach." Meine Kollegin kam noch einmal zurück und hat nach ihnen gefragt, und als ich ihr sagte sie seien zum Termin bei Herrn Steinfeld, schlug sie die Hände über dem Kopf zusammen. Das hätte auch ins Auge gehen können. Aber alle Achtung, das imponiert mir. Ich bin morgen früh auch da und regle die Formalitäten, willkommen an Bord." Sie reichte Celina die Hand zur Begrüßung und aus ihrem Gesicht sprach volle Sympathie. Diese beruhte auf Gegenseitigkeit.

Celina konnte nicht ahnen, dass aus dieser Sympathie eine echte Freundschaft wachsen würde, und diese Freundschaft ihr mal das Leben retten würde.

„Könnten sie mir vielleicht noch eine Auskunft geben?" fragte Celina schüchtern. „Na klar, immerzu", meinte Kathi freundlich. „Ich suche dringend eine kleine Wohnung, darf ich mal in ihre Anzeigen schauen?" „Hm, ich wüsste da was, aber ich weiß nicht ob ihnen das zusagt, mein Papa wohnt in Oyle, das ist etwa mit dem Auto 20 Minuten weg, und sein Freund sucht schon lange jemanden für sein kleines Häuschen. Es ist ein sehr kleines, mit Holzofen, also keine Zentralheizung und mit einem Boiler für das Warmwasser. Weil die Einrichtung sehr einfach ist, bekommt er keine Mieter, und es liegt sehr abgelegen am Waldrand von Oyle. Wollen sie es sich mal anschauen?"

Das war für Celina keine Frage, sollte sie wirklich so viel Glück an einem Tag haben? War das nicht ein Zeichen des Himmels? „Ja, ja, ich schau es mir an, herzlichen Dank, sie wissen gar nicht was sie mir für einen Gefallen getan haben", strahlte Celina. „He he, vielleicht gefällt ihnen das gar nicht, wissen sie was, ich habe in 2 Stunden Pause, vielleicht übernimmt mein Kollege die letzten Stunden für mich, ich habe sowieso eine Menge Überstunden, auch wenn ich fast immer zu spät komme, ich führe sie dann zu meinem Paps bzw. zu seinem Nachbarn, ist das o.k.?"

Celina konnte ihr Glück kaum fassen. „Klar, in zwei Stunden stehe ich hier wieder auf der Matte, Danke".

Sie war sehr stolz auf sich. Sie rief ihren Ex-Chef an und bat ihn, schnellstmöglichst ihre Unterlagen und das Zeugnis postlagernd auf die Post in Nienburg zu schicken.

Er konnte es immer noch nicht glauben, dass einer seiner besten Kräfte so mir nichts dir nichts seinen Job hinschmiss. Er wurde nimmer müde es ihr am Telefon auch zu sagen, und die Tatsache, dass man ihm, so ohne Vorwarnung alles vor die Füße warf, das hatte ihn stark gekränkt.

Es tat Celina auch Leid, denn Herr Richling war immer zufrieden mit ihr, es gab kaum mal ein böses Wort oder Verwarnung, trotzdem ging sie auf keine Kompromisse mit ihm mehr ein, sie sagte ihm nicht dass sie morgen schon eine neue Stellung angenommen hatte.

Nach langem Hin und Her willigte Herr Richling ein, ihr alles zuzusenden und wünschte ihr sogar viel Glück für die Zukunft, das war mehr als sie erwarten konnte.

Dann rief sie ihre Schwester an. Das war nicht schwierig. Sabrina meldete sich schon beim zweiten Klingelton. „Wo bist du", wollte sie wissen, „wann kommst du zurück?". Diese Frage stellte sie nur, um auch sicherzugehen, dass sie in Celinas Wohnung ziehen durfte.

„Hör zu Sabrina, ich bin hier in Norddeutschland, ich werde hier bleiben, und wenn ich die Wohnung besichtigt habe, in die ich einziehe, melde ich mich wegen meiner Möbel. Ich denke ich werde nicht alle brauchen, aber ich gebe dir rechtzeitig Bescheid."

Sabrina fragte nochmal nach wo sie denn sei, Norddeutschland, wo in Norddeutschland, hakte sie nach.

Aber Celina wollte ihr keine Auskunft geben und sagte nur: „Mein Akku ist gleich leer, ich melde mich wieder, tschüss" und legte auf.

Sie holte tief Luft. Sollte sie Mike auch anrufen? Nein, warum auch. Das Kapitel ist erledigt. ERLEDIGT.

Sie bummelte ein wenig durch Nienburg und fand eine kleine Pension, in der sie für eine unbestimmte Zeit ein Zimmer mietete. Sie wusste ja nicht wann sie nach Oyle ziehen konnte und ob das wirklich etwas für sie war. Aber fürs Erste war sie zufrieden. Seltsam, aber sie empfand 24 Stunden nach Verlassen ihres Freundes keinerlei Trauer, im Gegenteil, sie konnte nicht glauben, dass sie noch vor ein paar Stunden bitterlich geweint hatte.

Tief in ihrem Innern glaubte sie zu wissen warum. Mike war ihr nie treu, er hatte sie nur ausgenutzt, so wie ihre Schwester auch. Sie war immer für alle da, hatte immer geholfen, sie hatte aber nie etwas für sich selbst getan. Hat sich immer untergeordnet, und zum ersten Mal in ihrem Leben tat sie etwas nur für sich, musste niemand fragen, war nur für sich selbst verantwortlich. Auf der einen Seite tat das wohl, auf der anderen Seite fühlte sie sich allein. Aber das trübte nicht ihren Optimismus. Es ging vorwärts, mal sehen was das Leben noch so brachte.

Zwei Stunden später war sie wieder vor dem Verlagsgebäude und wartete auf Kathi.

Da kam sie auch schon. Celina stieg aus ihrem Wagen und ging auf sie zu. Kathi erklärte ihr wo ihr Wagen stand und sie sollte hinter ihr herfahren.

Auf der Fahrt nach Oyle konnte sich Celina ein bisschen die Gegend anschauen. Nun, es war ein flaches Land, sehr flach, wenn man aus dem Süden Deutschlands kam. Aber die Gegend hatte was. Kathi hatte Recht mit der Entfernung. Etwa 20 Minuten später fuhren sie in die Ortschaft Oyle.

Kathi hielt vor einem Klinkerhaus und stellte ihren Wagen direkt davor ab. Celina parkte ein wenig abseits an einem kleinen Gärtchen.

Zusammen gingen die Beiden ins Haus. Im Hausgang schrie Kathi: "Paps, wir sind da". Daraus schloss Celina, dass Kathi ihrem Vater bereits Bescheid gegeben hatte, dass sie kamen.

Er begrüßte Celina sehr freundlich und meinte nur: „Mein junger Freund Torben wird sich freuen, dass jemand in sein Häuschen einzieht, ich habe schon mit ihm geredet."

Celina wurde es ein wenig unheimlich, es kam ihr vor, als ob man sie ohne zu fragen an die Hand nimmt um ihr zu zeigen wo es lang geht. Das hatte sie schon mal, das wollte sie nicht wieder, aber sie traute sich nicht etwas in der Art zu sagen. Kathi bemerkte aber schon ihre Zurückhaltung. „He", meinte sie, „wenn sie das Haus nicht wollen, dann sagen sie nein, wenn es ihnen gefällt sagen sie ja, so einfach ist das". Sie hatte ja Recht. Es lag halt an ihrer Vergangenheit, dass sie so empfand.

Zu dritt fuhren sie im Wagen des Vaters zu Torben. Sie mussten quer durch Oyle fahren, um am Ende an einem Waldrand zu halten. Da standen drei Häuser nebeneinander, Zwei Klinkerhäuser und eines das nur aus „Dach" bestand. Die beiden Dachhälften reichten bis hinunter zum Boden. Zwei große Fenster und eine schwere Holztür zierten die Vorderseite des Hauses, darüber lagen zwei kleine Fenster mit roten Fensterläden. Davor lag ein kleines Gärtchen. Ein winzig niedriger Zaun säumte das Grundstück ein. Alles wirkte winzig, gemütlich, schön, wie ein Hexenhäuschen. Celina konnte kaum den Blick vom Haus wenden. Es gefiel ihr auf den ersten Blick, dabei hatte sie es ja noch gar nicht von innen gesehen.

Etwa 100 Meter weiter stand das erste Klinkerhaus, das von Torben.

Kathis Vater ging zu ihm hinüber um ihn zu holen. In der Zwischenzeit fragte Kathi Celina wie es ihr denn gefalle.

Celina war noch ganz beeindruckt. „Herrlich, einfach herrlich", rief sie.

Dann kam Kathis Vater mit Torben zurück. Torben war groß, schlank, ein wenig älter als Celina. Er hatte blondes lockiges Haar, das zu seinen großen blauen Augen passte. Er wirkte ein wenig unbeholfen, war aber freundlich und streckte seine Hand aus, um Celina zu begrüßen.

Er schloss das Haus auf und führte Celina hinein. Kathi und ihr Vater gingen hinterher, neugierig waren sie schon wie es drinnen aussah. Vom Flur aus betrat man ein schönes helles Wohnzimmer das durch eine beigefarbene Holztür die Einbauküche davon trennte. Nach der Küche kam ein kleines Bad mit Duschwanne und einer Toilette. Torben erklärte, dass die zweite Tür im Bad durch einen kleinen Schrank versperrt sei, die früher zu einem kleinen Schuppen führte. Diesen Schuppen gibt es zwar noch, wird aber nicht mehr benutzt. Wenn Celina jedoch ein Fahrrad oder sonst irgendwelche Dinge hätte, die nicht in die Wohnung sollen, könnte sie von außen diesen Schuppen benützen, der Schlüssel hängt an einer Blumenampel unter dem Dachvorsprung.

Vom Wohnzimmer aus führte eine Holztreppe ins Obergeschoss. Jeweils ein schräges Zimmer gab es rechts und links von der Treppe.

Die beiden Zimmer waren jeweils mit einem Bett, einem Schreibtisch und Regalen, die sich der Schräge anpassten, ausgestattet. Ein kleiner Tisch komplettierte die heimelige Atmosphäre hier oben.

Das Wohnzimmer besaß eine beige Couch mit zwei Sesseln und einem gläsernen Couchtisch und in der Ecke stand ein ausziehbarer Esstisch mit vier beigebezogenen Stühlen. Überall waren kleine Regale oder Schränkchen eingepasst in die Schräge. Dadurch wirkte das Wohnzimmer größer als es wirklich war.

Torben meinte, er würde es gerne möbliert vermieten, weil er sonst nicht wisse wohin mit dem ganzen Kram. Aber wenn Celina sie nicht wollte würde man sicher eine Lösung finden.

In Oyle

Celina musste nicht lange überlegen. Es war einfach aber funktionell eingerichtet, und mit einem Teppich und ihrem Krimskrams, ihren Büchern, Bildern und anderen persönlichen Dingen, würde das ganze gemütlich aussehen.
Sie sagte: „Herr...hm", „Torben Klimke heiße ich, Entschuldigung dass ich mich noch nicht vorgestellt habe". „Also Herr Klimke, wenn die Miete nicht allzu hoch ist, würde ich es nehmen". Torben sah ein wenig ungläubig drein. „Sie wissen schon dass es nur einen Kamin im Wohnzimmer und einen Holzofen oben im Flur gibt, und dass das Wasser im Bad und in der Küche nur mit einem Boiler beheizt werden kann", sagte Herr Klimke. „Ich weiß es, aber das macht mir nichts aus", strahlte Celina. Torben wirkte sichtlich erleichtert. Sie handelten den Mietvertrag aus und er überreichte ihr die Schlüssel. Sie konnte einziehen wann immer sie wollte. Es waren im März nur noch 6 Tage, die konnte sie „kostenlos" benutzen, und ab April begann der eigentliche Mietvertrag.
Celina bedankte sich noch bei Kathi und ihrem Vater und fuhr zurück in ihre Pension. Eigentlich hätte sie gleich umziehen können, aber es wurde schon dunkel, und sie wollte alles bei Tag besehen und einziehen.
So blieb sie in der Pension und machte sich noch einen gemütlichen Abend. Nichtsahnend, dass in ihrer Heimat sich dunkle Wolken zusammenbrauten um über sie zu kommen.

Früh am nächsten Morgen bezahlte sie das Zimmer in ihrer Pension, packte ihre Sachen und fuhr gleich zum Nienburger Tagblatt.

Kathi saß schon am Tresen und wartete bereits auf sie. Die Begrüßung war herzlich, so also würden sie sich schon lange kennen. Kathi zeigte ihr das zukünftige Büro. Es war viel größer als ihr altes, und auch viel heller, oder lag das an ihrer Stimmung. Ihr Kollege, Michael, saß an seinem Arbeitsplatz vor dem Computer, rechts und links lagen verstreut ausgedruckte Blätter, am Boden, rings um seinen Drehstuhl lagen ebenfalls Ausdrucke, Bücher und Leitzordner.

Na ja, Ordnung schien für diesen Burschen wohl ein Fremdwort zu sein, so könnte sie nicht arbeiten, aber die Menschen sind ja Gott sei Dank verschieden, und solange ihr Kollege ihren Arbeitsplatz nicht mit seinen Dingen zumüllte, konnte es ihr ja egal sein.

Kathi stellte sie Michael vor. Da merkte sie, dass sie Celinas Nachnamen vergessen hatte. Also sagte sie nur: „Michael, dass hier ist Celina, deine neue Arbeitskollegin, sei nett zu ihr", sprach`s und ging lachend zur Tür, dort drehte sie sich mal um ihr zu sagen, dass sie mit ihr mittags gerne in die Kantine gehen würde. Celina freute sich und sagte zu.

Nun stand sie im Raum, Michael hatte bei ihrer Vorstellung nur kurz den Kopf gehoben und sie begrüßt. Auch er nannte ihr nur den Vornamen und widmete sich gleich wieder seiner Arbeit zu.

Was sollte sie jetzt tun? Herr Steinfeld-berg-dingenskirchner hatte ihr noch keine Arbeit zugewiesen. Sollte sie zu ihm gehen? Nach Arbeit fragen? „Wie sieht denn das aus!" schalt sie sich. Sie setzte sich auf ihren Stuhl, fuhr ihren PC hoch und nahm in der Zeit das Büro in Augenschein. Helle Regale und Schränke säumten eine Wand, die andere Seite war eine reine Fensterfront, die dritte Wand stand voll mit Blumenkübeln – na prima, bei ihrer Pflanzenallergie konnte das was werden – und von der 4. Wand aus konnte man neben der Tür durch ein Fenster auf den Flur und in die gegenüberliegenden Büros schauen.

Nachdem sie alles inspiziert hatte, war auch ihr PC hochgefahren und startklar.

Michael saß ihr schräg gegenüber. Sie schaute auf und genau in seine wunderschönen dunklen Augen. Er hatte sie schon eine Weile aus den Augenwinkeln beobachtet, aber als sie ihn dann so plötzlich direkt ansah, war es ihm ein wenig peinlich. „Nett sieht er aus, auch wenn ein bisschen unordentlich, das heißt eigentlich sehr unordentlich war, aber er scheint freundlich zu sein, das war im Moment das Wichtigste", dachte sie.

„Hübsch die Kleine, ein bisschen verklemmt, aber sie macht einen freundlichen Eindruck", ging es Michael durch den Kopf.

„Hm", räusperte er sich, „ich könnte Unterstützung vertragen, könntest du eventuell, wenn du gerade nichts anderes vorhast, also, ich meine, wenn du Lust hättest mir zu helfen aber nur wenn du magst", „he, ich bin zum Arbeiten hier, ganz neu, ohne Auftrag, was kann ich also für dich tun", lächelte sie ihn an.

Dieses Lächeln, wusste Celina eigentlich wie schön sie war wenn sie lächelte? Er war hin und weg. Na, das konnte ja noch was werden. Wie sagte seine Mutter immer: „Junge, fang nie etwas mit einer Kollegin an, das gibt nur Probleme!". Zweimal hatte sie Recht gehabt. Zwei Mal hatte er sich in Kolleginnen verliebt, dass dann beim 1. Mal wegen eines anderen aus dem Betrieb und das 2. Mal wegen ständiger Streitereien auseinanderging. Die Folgen waren immer schrecklich. Die Kollegen hänselten ihn, Mirja (die Zweite) ließ ihn beruflich mehrfach auflaufen, und der Redakteur, an den er Nicholette „verloren" hatte, schob ihm die erste Zeit immer die langweiligsten Regionalnachrichten zu. Aber das war lange her. Inzwischen fuhr er zu Events und politischen Meetings außerhalb der Region um davon zu berichten.

Er wollte mit Celina sehr vorsichtig sein. Erstens einmal wusste er nicht ob sie verliebt, verlobt oder verheiratet war, und zweitens, ob sie überhaupt an ihm Interesse hatte.

Er schob ihr einen Packen ausgedruckter Seiten zu, mit der Bitte sie zu ordnen und zu redigieren.

Celina war froh etwas tun zu können und vertiefte sich in die Arbeit. Dabei fiel ihr der Schreibstil von Michael auf. Er schrieb sachlich und doch mit Gefühl, die sie von ihren Kollegen so nicht kannte. Es gefiel ihr was sie da zu lesen bekam und hatte somit kaum etwas zu korrigieren oder auszusetzen.

„Du schreibst toll", meinte sie nach einer Stunde, „es gefällt mir gut wie du die Waage zwischen neutraler

Berichterstattung und deinen eigenen Ansichten hältst, Kompliment". Michael bekam einen roten Kopf, „scheiße, mein Gott ist das peinlich, ich krieg eine rote Rübe, was muss die sich denn dabei denken, Schuljunge, Pickelbruder oder so ähnlich", bei diesen Gedanken erhielt er langsam seine ursprüngliche gesunde Gesichtsfarbe zurück. „Entweder hat sie das nicht gesehen, oder sie überspielt das mit ihrer Fröhlichkeit", er schaute Celina an, die ihn noch immer anlächelte, so als wäre nichts gewesen.

„Ich mein das ehrlich", kommentierte sie die ganze Situation noch. „Danke", klang es mürrischer als er es eigentlich wollte. „Danke dass du mir hilfst, ich wäre hier heillos ertrunken."

Celina spöttelte: „Nicht ertrunken, erschlagen von so viel Unordnung". „Aua, das hätte ich wohl nicht sagen sollen, bin erst ein paar Stunden da und lehne mich so weit aus dem Fenster", dachte sie.

Aber Michael fand die Antwort nicht schlimm, im Gegenteil, nach diesem Kompliment kam die Rüge gerade richtig. Sie war erfrischend, die Fronten abgesteckt, die Arbeit konnte beginnen. Spontan stand Michael auf, gab Celina die Hand und lachte: „Willkommen im Club".

Plötzlich klingelte das Telefon auf dem Schreibtisch von Celina. Ein wenig verwirrt und ängstlich nahm sie den Hörer ab und meldete sich mit „Nienburger Tagblatt, sie sprechen mit Celina Meisner".

„Aha, Meisner hieß sie also" nahm Michael diese Information auf.

Am anderen Ende der Leitung war Herr Steinfeld. „Kommen sie in mein Büro", sprachs und legte wieder auf. Celina hielt noch immer den Hörer in der Hand als bereits das „tut tut tut" ertönte.

Ihr Herz klopfte wild, ein leichter Seufzer entfuhr ihr, der Michael aufblicken ließ. „Was ist?", fragte er. Ich soll zum Chef kommen. „Das ist doch eigentlich normal", meinte Michael, „oder hast du schon einen Vertrag unterschrieben? Was Kathi mir berichtet hat hast du dich ja Hals über Kopf hier beworben". Er hatte Recht. Klar musste sie zu ihm. Sie hatte es sich anfangs auch überlegt, ob sie zuerst zu ihrem zukünftigen Chef gehen sollte.

„Halt mir die Daumen, ja?", bettelte sie zögerlich. „Na klar, wird schon, lass dich nicht unterkriegen und über den Tisch ziehen".

Celina fuhr mit dem Aufzug. Eigentlich ist sie immer die Treppen gelaufen, aus sportlichen Gründen, wie sie es immer nannte, Tatsache aber ist, dass sie unter Klaustrophobie litt. Heute allerdings waren ihre Knie so zitterig, dass das das kleinste Übel war. Vor seinem Büro holte sie nochmal tief Luft. Schaute an sich herab ob Rock, Bluse und Blouson richtig saßen. Sch.... ich hätte noch in den Spiegel schauen sollen, ob meine Frisur noch richtig saß – zu spät, jetzt wird geklopft.

Sie hörte sein herrisches „Herein" und betrat sein Büro. „Setzen sie sich". Mit einer knappen Geste deutete er auf einen Stuhl vor seinem Schreibtisch. „Ich habe mit ihrem Ex-Chef Herrn Richling gesprochen." Celina rutsche auf ihrem Stuhl nervös herum. „Mein

Gott, was hatte er wohl gesagt, hatte er sie schlecht gemacht, weil sie so schnell gekündigt hatte?" schoss es Celina blitzartig durch den Kopf.

„Er war mit ihnen sehr zufrieden, allerdings war ihm ihr Abgang etwas befremdlich, beruflich hat er sie gelobt, sie wären teamfähig ohne Zickereien mit Kolleginnen oder Kollegen, was ihren Entschluss zu kündigen, ihn noch mehr irritierte. Er hat das Zeugnis gefaxt, und es wird noch per Post nachgereicht." „So nun zu ihnen", bei diesen Worten blickte er über seine Brillengläser ihr direkt ins Gesicht. Aus seiner Miene konnte man nichts schließen.

„Ich habe einen Vertrag hier vorliegen, entweder sie unterschreiben gleich, oder sie können gehen, solche Mätzchen wie bei ihrem letzten Arbeitgeber dulde ich nicht. Lesen sie ihn durch und kommen sie in 15 Minuten wieder." Dabei drückte er auf einen Knopf und seine Sekretärin öffnete die Tür zum Zeichen, dass diese erste Begegnung zu Ende war.

Celina las den Vertrag noch auf dem Flur. Sie hatte sich laut dieser Anstellung nicht verbessert, aber auch nicht verschlechtert. Wahrscheinlich hatten die beiden Chefs untereinander eine Abmachung getroffen. Warum sollte Herr Steinberg-fels-dingenskirchner ihr mehr bezahlen als der alte Richling. Sie war zufrieden, schließlich hatte sie ja eine billigere Wohnung gefunden als vorher. Summa summarum – gewonnen.

Zaghaft klopfte sich nochmals an. Diesmal öffnete seine Chefsekretärin. Sie sah aus, wie man sie in Comics darstellt. Grauhaarig – Knoten im Genick – dunkles Kostüm, flache Absätze, Brille weit unten auf der Nase sitzend, „wenn sie jetzt noch ‚näselt`, pruste ich los" dachte Celina. „Bitte?" Fragte die überaus wichtig aussehende Person. „Ich möchte nur Herrn Steinberg den unterschriebenen Vertrag zurückgeben". „Steinfels – Steinfels, ich lege ihn auf seinen Schreibtisch, danke". Mit diesen Worten schloss sie die Eichentür. Da stand sie nun, Vertrag in der Tasche, Wohnung zum Verlieben, einen Kollegen zum Ver.., quatsch, was rede ich denn da, ermahnte sie sich, aber sie war einfach in Hochstimmung. Auf in den Kampf.

Gut dass sie noch nicht wusste was ihr noch alles an schlimmen Ereignissen passieren sollte.

Sie traf sich mit Kathi und Michael in der Kantine zum Essen. Sie plauderten fröhlich miteinander, es war eine unglaubliche gelöste Stimmung.
Kathi versprach ihr am Abend in der Wohnung ihrem „Dachhäuschen" zu helfen.
Zusammen fuhren sie nach Dienstschluss nach Oyle. Torben stand bereits mit den Schlüsseln vor der Tür, Celina hatte sich bei ihm gemeldet und ihm ihre etwaige Ankunftszeit gesagt. Gemeinsam gingen sie ins Haus. Torben erklärte die einzelnen Geräte in Küche und Bad, wie man den Boiler anheizt, zeigte die Lichtschalter und wie man die Rolläden `rauf- und runterlässt, er übergab den Mietvertrag, den Celina morgen einfach in den Briefkasten stecken sollte. Dann verabschiedete er sich höflich und ging.

Kathi grinste, „das ist typisch Torben, typisch Norden, kurz und bündig – peng – fertig". „Ist doch o.k .so", erwiderte Celina, „ so mag ich`s".
Die Beiden machten es sich noch gemütlich. Kathi hatte einen leichten Weißwein mitgebracht und einen Blumenstock – „na prima – Blumenstock – ich werde morgen vor lauter Niesen eine rote Nase und geschwollene Augen haben", dachte Celina, wollte Kathi aber nicht vor den Kopf stoßen, es war ja so lieb gemeint. „Seltsam", dachte sie gerade, „ich habe doch den ganzen Tag im Büro gearbeitet, bei all den Blumenkübeln, und nicht ein Mal musste sie niesen oder die Augen reiben". Die Antwort gab ihr Kathi unaufgefordert. „Wie gefällt es dir überhaupt bei uns? Findest du nicht dass euer Büro – übrigens das einzige – so vollbeladen mit künstlichen Sträuchern und Blumen kitschig wirkt? Sag es Michael wenn dich was stört, er ist ein lieber Kerl und geht immer Kompromisse ein". „Nein, die Kübel sind das nicht was mich stört aber seine schreckliche Unordnung, ich hab´s ihm aber auch schon gesagt", lachte Celina. „Na dann ist ja gut. Ich muss jetzt los, ich habe morgen Frühdienst, hast du Lust am Abend noch was zu unternehmen?" „Ich weiß noch nicht, ich muss noch so viel erledigen – Ämter gehen, Briefe schreiben, meine Möbel –– ach nein, die brauche ich ja nicht, die überlasse ich meiner kleinen Schwester – mal sehen, ich melde mich bei dir". Sie tauschten die Handynummern aus und Kathi verabschiedete sich. Sie ging noch schnell rüber zu ihrem Papa um „Hallo" zu sagen, stieg dann in ihren alten Käfer und fuhr davon.

Celina hatte noch keine Zeit sich richtig im Haus umzusehen. Das wollte sie jetzt tun um den Rest ihrer Kleidung einzuräumen und die Lebensmittel zu verstauen. Sie schnappte sich die große Einkaufstüte und ging in die Küche.

Vor Schreck ließ sie alles fallen, vor ihrem Fenster erschien kurz ein Männergesicht. Dann war es verschwunden. Sie lief zur Haustür, rannte ums Haus herum, weil die Küche entgegensetzt lag, aber es war niemand zu sehen. Gott hatte sie sich erschreckt. Es war schon dunkel, aber das Gesicht klebte dicht an der Scheibe. Oder hatte sie sich getäuscht? Sie war schreckhaft, das stimmte.

Mike hatte sie oft erschreckt. Einmal kam sie nach der Arbeit nach Hause, ging ins Bad um sich frisch zu machen, da sprang Mike aus der Duschwanne und umschlang sie von hinten. Der Schreck steckte ihr bei dem Gedanken noch heute in den Gliedern. Sie war so sauer auf ihn, aber er konnte so lieb und zärtlich sein, dass sie ihm noch an diesem Abend verzieh. Oder ein anderes Mal, als sie im ganzen Zeitungsgebäude noch alleine war, die Lichter losch um zum Ausgang zu gehen, stürzte er sich aus einem dunklen Büro auf ihrer Etage auf sie, umfasste sie mit einer Hand um mit der anderen ihr den Mund zuzuhalten, damit sie nicht schreien konnte. Ihr war nach diesem „Gag" wie er es nannte, so schlecht, dass sie nicht mehr Auto fahren konnte. Aber Mike hatte ja eh den Autoschlüssel, also fuhr er auch heim. – Das war Mike – Fertig – Sie wollte nichts mehr mit ihm zu tun haben, und je mehr sie über ihn nachdachte, desto merkwürdiger kam es ihr vor, solange mit ihm zusammen gewesen zu sein. Er war ein Scheißkerl – ein Arschloch – ein - „Halt", ermahnte sie sich, nur weil sie sich eben erschreckt hatte, musste sie nicht in so eine Stimmung flüchten.

Vielleicht hatte sie sich getäuscht, und es war irgendeine Täuschung. Sie lief um das ganze Haus herum, am Schuppen vorbei und wieder vor die Haustür, die sperrangelweit offen stand. Hatte sie sie offen gelassen? Oder war jetzt jemand drinnen? „Spinn dich aus Celina", redete sie laut. Trotzdem schaute sie in jeden Winkel ihres Dachhäuschens, unter der Treppe, unter dem Bett, im Bad – vor allem hinter den Duschvorhang – und im Schrank, der die Schuppentür zustellte. Nichts – sie konnte also in aller Ruhe ins Bett gehen, aber zuerst musste sie die Sauerei aufräumen, die ihr bei dem Schreck passiert war. Die Zuckertüte war aufgeplatzt und zwei Becher Joghurt suchten sich den Weg von der Spüle über den Beistellschrank auf den Boden.

Sie konnte beruhigt sein, das Schlafzimmer lag oben, trotzdem nahm sie ihr Pfefferspray mit nach oben. Das hatte sie zwar noch nie gebraucht, aber wenn sie abends nach der Arbeit über den Parkplatz zu ihrem Auto ging oder manchmal in der Nacht mit öffentlichen Verkehrsmitteln fuhr, war es doch eine kleine Sicherheit.

„Gute Nacht", sagte sie laut, als ob es jemand hören könnte, „schlaf gut im neuen Heim".

Sie knipste das Licht aus und war seltsamerweise gleich eingeschlafen.

Neuer Job

Sie war früh auf, die Sonne schien, es versprach ein herrlicher Tag zu werden. Sie reckte und streckte sich, lächelte und freute sich auf die Dinge, die heute kommen sollten. Das Gesicht am Fenster geriet in Vergessenheit. Sie duschte kalt, weil sie vergessen hatte den Boiler einzuschalten, aber das machte nichts, kaltes Wasser macht schön – oder war es kalter Kaffee? – jedenfalls macht es munter.

*

Beim Nienburger Tagblatt war schon reger Betrieb. Sie ergatterte gerade noch mit Müh und Not einen Parkplatz, als es hinter ihr hupte – nicht nur einmal, nein, das stand einer drauf – Celina stieg aus und wollte gerade mit Schimpftiraden loslegen, als sie sah wer da so gehupt hatte. Ihr Chef, Herr von und zu Steinberg-fels-dingenskirchner, stand mit seinem fetten Daimler direkt hinter ihr. Wie sollte sie denn jetzt aus ihrer Parklücke rausfahren, wenn dieser Mensch direkt hinter ihr stand. Sie ging zu seinem Wagen, bemüht freundlich zu sein, um ihn zu bitten, ein kleines, unbeträchtliches Stück, zurückzufahren. Als sie genau diese Worte gewählt hatte, lachte ihr Chef aus vollem Hals, konnte sich schier nicht mehr einkriegen, fuhr ein „beträchtliches" Stück zurück, ließ seine Autoscheibe runter und meinte immer noch glucksend vor Lachen: „Merken sie sich das gut, das ist und bleibt mein Parkplatz, versehen mit Name und Autonummer, aber ihre Art gefällt mir, vielleicht finde ich einen Job für sie".

„Aber ich arbeite doch schon für sie", entgegnete Celina verwundert. „Ach ja, stimmt ja, jetzt erkenne ich sie wieder, sie sind doch die Kleine, die ihren alten Chef im Stich gelassen hat".

„Ich habe niemanden im Stich gelassen, wie können sie so was sagen, ich hatte triftige private Gründe, habe noch jede Menge Urlaub von meinem „alten" Chef zu bekommen, ich nehme mir nur was mir zusteht, haben sie das verstanden?" brüllte sie ihn an.

„Ups", sie erschrak, „das war ja mal wieder typisch für mich, erst nachdenken, dann sprechen, das war`s dann wohl", aber sie hatte auch keinen Grund sich zu entschuldigen und hatte das auch nicht vor. Steinfelsberg-feld schluckte. Mehrere Mitarbeiter, die auf dem Parkplatz standen und eben erst angekommen waren, vertieften sich in irgendwelche Dinge, um ja nichts zu verpassen. Das war noch nie vorgekommen, dass man mit dem Chef so gesprochen hatte. Steinfeld-berg-fels war noch so perplex, holte tief Luft und meinte in ruhigem, jawohl sehr ruhigem Ton: „Ihr Privatleben geht mich nichts an, liefern sie gute Arbeit, das ist alles was ich will, und nun fahren sie schon weg damit ich parken kann", setzte mit seinem Wagen nochmals ein Stück zurück, damit Celina – als wenn sie so viel Platz zum Ausparken benötigen würde – aus der Lücke fahren konnte.

Gott sei Dank fand sie einen anderen Parkplatz, weit von dem ihres Chefs entfernt, suchte vorsorglich nach

Namenschildern oder Autonummern, da nichts beschriftet war, folglich neutral, parkte sie ein.

Diese Begegnung auf dem Parkplatz machte aber im Hause die Runde, sie wurde mit Respekt und mit ausgesuchter Höflichkeit begrüßt, nur Michael grinste: „Das hast du fein gemacht, es war mal höchste Zeit dem Alten die Zähne zu zeigen, bin stolz auf dich." Jetzt wurde Celina rot. „Dass man aber auch nichts dagegen machen kann, wenn man merkt wie die heiße Röte in den Kopf läuft". Wegdrehen, einfach wegdrehen. „Ob er´s gemerkt hat? Na wenn schon, ist ihm ja auch schon passiert."

Mittags gingen Kathi, Michael und Celina wieder zusammen in die Kantine. Kathi fragte gleich nach wie sie die erste Nacht im neuen Heim geschlafen hatte. Automatisch, und weil sie Kathi so sympathisch fand, gingen sie Beide zum „Du" über.

Celina erzählte von dem Gesicht am Fenster, lachte aber dann, weil es sicher eine Sinnestäuschung war. Michael lachte mit, nur Kathi sah bestürzt drein. „Findest du das nicht auch lustig?" fragte sie Kathi. „Ich glaube ich muss dir was sagen", begann Kathi.

„Ich weiß zwar nicht ob es Sören war, aber"..."Wer bitte ist Sören"? fragte Celina erstaunt.

„Lass mich erzählen. Also, Torben hat einen Bruder, einen behinderten Bruder, ihre Eltern sind vor ein paar Jahren auf einem Fischerboot untergegangen. Torben hat die Vormundschaft für seinen Bruder Sören übernommen. Das Haus, indem du jetzt wohnst, gehörte seinen Großeltern, die die Beiden lange Zeit unterstützt haben. Aber der Verlust ihrer Kinder hat sie krank gemacht und sie sind ebenfalls vor einiger Zeit gestorben.

Sören war gerne in diesem Haus, er hat dort gespielt, hat gebastelt so gut es eben ging. Aber nach dem Tod der Großeltern war dieses Haus für ihn tabu. Trotzdem geht er noch manchmal hin und schaut halt auch in die Fenster von seinem alten Zuhause. Deine Vormieter haben das als sehr störend empfunden und sind ausgezogen. Lange stand das Haus unvermietet da. Torben hat Sören zwar verboten auch nur in den Garten zu gehen, aber man kann ihn nicht dauernd unter Kontrolle halten. Ich hätte dir das sagen sollen, aber ich hab's echt vergessen. Tut mir Leid. Jetzt wo du alles weißt, magst du dort noch bleiben, oder willst du ausziehen?". Celina war erschüttert. Aber die Tatsache, dass es wirklich jemanden gab, der ins Fenster geschaut hatte, beruhigte sie irgendwie, und da sie nun wusste, wer das war, hatte sie auch keine Angst mehr. „Nein, ich bleibe natürlich, ich kann damit umgehen, aber gut dass du es mir gesagt hast, Danke".

Sie bestellten sich eine Pizza und unterhielten sich angeregt. Kathi war sichtlich erleichtert, dass Celina sich von dem „Besuch" hat nicht abschrecken lassen. Sie hatte es Celina aber nicht absichtlich verschwiegen, für sie gehörte Sören mit all seinen Problemen fast schon zur Familie. Ihr Papa legte immer großen Wert darauf, dass man mit Sören ganz normal umgehen sollte, er war ein lieber Kerl nur ein wenig zurückgeblieben. Im Ort mochten sie ihn alle.

Daheim in der Fremde

Am Abend, als Celina müde aber glücklich nach Hause fuhr, ja, sie fühlte sich jetzt schon wie zu Hause, ging sie als erstes ins Bad, machte den Boiler an, schminkte sich vor dem großen Spiegel neben dem Schrank ab und lächelte ihr Spiegelbild an. Was für eine Woche, Woche? Es waren erst ein paar Tage her, aber sie konnte es immer noch nicht fassen, dass sich ihr Leben so grundsätzlich geändert hatte. Ungläubig schüttelte sie den Kopf. Es war für sie immer noch ein Traum. Eigentlich sollte sie sich bei ihrer Schwester mal melden, dachte sie mit einem leicht schlechten Gewissen. An Mike wollte sie keine Minute mehr verschwenden. Sie konnte sich jetzt schon nicht mehr vorstellen, wie sie sich hat von ihm ausnutzen lassen.

Celina nahm ihr Handy und wählte Sabrinas Nummer. Beim dritten Klingeln nahm ihre Schwester ab. „Hi Schwesterherz, wie geht es dir?" „Warum meldest du dich jetzt erst, ich habe mir Sorgen gemacht, und nicht nur ich, Mike geht mir langsam auf den Keks mit seiner Fragerei wo du denn bist."

„Mir geht´s ganz ausgezeichnet, um nicht zu sagen äußerst hervorragend. Du wirst es nicht glauben, ich habe einen Job, eine Wohnung und schon Freunde. Na, ist das nichts?", lachte Celina. „Unglaublich, wenn ich das Mike erzähle, flippt der aus. Aber wo bist du? Wo arbeitest du?", drängte Sabrina. Celina überlegte eine Weile, was sie preisgeben wollte. „He, bist du noch dran", hakte Sabrina nach, „warum sagst du nichts?".

Celina antwortete zögerlich: „Nicht böse sein Sabrina, aber ich möchte dir im Moment meine Adresse noch nicht sagen, weil ich weiß, dass Mike dich so penetrant löchert, dass du ihm meinen neuen Wohnort irgendwann doch sagen würdest, und das will ich auf keinen Fall."

Sabrina war leicht verärgert, aber sie konnte Celina verstehen. „Aber versprich mir, dass du mir bald sagst wo du lebst und arbeitest, ja?" „Versprochen. Du kannst übrigens die Möbel behalten, ich habe eine schnucklige kleine möblierte Wohnung, nein eigentlich ein Haus, ein Dachhaus, gefunden, indem ich mich sauwohl fühle." „Dachhaus, ah ja, verstehe, was ist das denn?"

„Irgendwann lade ich dich zu mir ein dann verstehst du mein Dachhaus", lachte Celina. „Bis bald Schwesterlein, ich melde mich bald wieder, tschüss".

Sabrina blieb nachdenklich zurück.

Mike stand plötzlich neben ihr, weil er noch ein paar Kleinigkeiten abholen wollte wie er sagte. Sie hatte ihn nicht reinkommen hören, hatte er noch einen Schlüssel? Hatte er womöglich alles gehört?

„Du bist doch zu blöde um rauszukriegen wo deine Schwester ist", schrie er Sabrina an. Er verzog dabei sein Gesicht zu einer furchterregenden Fratze, dass Sabrina richtig Angst vor ihm bekam. So kannte sie ihn nicht. Wenn Celina oft davon sprach, dass sie sich oft vor seinen „Späßen" und Launen fürchtete, lachte sie immer ihre Schwester aus und nannte sie hysterisch. Jetzt, in dieser Situation konnte sie Celina verstehen. Forscher als ihr zumute war, sagte sie zu Mike: „Nicht in diesem Ton mein Freund, pack deine restlichen Utensilien und dann verschwinde und lass dich hier nicht mehr sehen."

Mike grinste frech und erwiderte: „Du rufst jetzt sofort auf der Stelle deine Schwester zurück, sagst ihr, sie hätte von der Bank wichtige Post, die du an ihre Adresse schicken musst, sonst erzähle ich ihr von unserer tollen Nacht. Mal sehen, was dann von ihrer Schwesternliebe zu dir noch übrig bleibt. Mit mir ist sie ja sowieso sauer, aber das kriege ich wieder hin, wäre ja nicht das erste Mal. Aber es ist das erste Mal dass man *m i c h* verlässt, und das macht man nicht ungestraft."

Sabrina wich ängstlich vor ihm zurück, wies zur Tür und schrie:" Mach dass du raus kommst!"

Mike ging um den Tisch herum, packte Sabrinas Arm, mit dem sie eben zur Tür zeigte, drehte ihn ihr auf den Rücken, dass sie vor Schmerzen aufschrie und flüsterte drohend: „Ruf an, sonst habe ich andere Mittel und Wege euch Beiden zu zeigen, dass man mit mir nicht so umspringen kann." Mit diesen Worten langte er nach ihrem Handy, suchte in der Liste nach Celinas Namen, wählte und hielt Sabrina das Handy ans Ohr.

„Hi Sabrina, hast du noch was vergessen was du mir sagen wolltest", fragte Celina erfreut, dass ihre Schwester zurückrief. Sie war also nicht böse auf sie, weil sie die Adresse nicht preisgab.

„Ja, ich wollte dir nur sagen, dass Herr Nielsen von der Bank geschrieben hat, und ich dir diesen Brief nachsenden muss, deswegen brauche ich doch deine genaue Adresse in Hamburg."

„He? Nielsen? Kenn ich nicht. Und was ist mit Hamburg? Ist alles o.k. bei dir?"
„Ok, ich schreibe auf, Hansestraße 5 in Hamburg, danke, ich melde mich später bei dir." Mit diesen Worten hängte Sabrina auf.
„Na also, geht doch", lachte Mike und ließ endlich ihren Arm los. Auf dem Weg zur Tür drehte er sich nochmal um, grinste und sagte: „Man sieht sich!"

Als die Tür hinter ihm zuschlug, rannte Sabrina hin und schloss zweimal ab und ließ den Schlüssel stecken, damit niemand mehr hereinkommen konnte. Himmel, was für ein ekelhafter Typ, widerlich und mit dem haben wir uns Beide eingelassen. Ihr wurde bei dem Gedanken ganz schlecht. Sie musste ganz dringend nochmal mit ihrer Schwester reden. Noch ehe sie wählen konnte, klingelte ihr Handy. Auf dem Display konnte sie die Nummer von Celina erkennen. Klar, dachte Sabrina, mein Anruf muss ja höchst verstörend auf sie gewirkt haben, Gott sei Dank ist der Widerling weg und sie konnte ungestört mit ihrer Schwester reden.
„Sag mal, was war denn das eben? Warst du zu lange in der Sonne?"
„Nein, aber ich hatte eben einen schrecklichen Besuch von Mike, der unbedingt deine Adresse haben wollte, und er hat mich bedroht und meinen Arm so verdreht, dass ich mir nicht mehr zu helfen wusste, als bei dir anzurufen. Aber jetzt mal im Ernst, dein Ex-Chef Herr Richling, weiß doch sicher deinen neuen Arbeitsplatz und glaub mir, Mike bekommt das sicher raus wo du

arbeitest und dann weiß er auch bald deine Adresse. Der Typ hat mir richtig Angst gemacht. Und er will es uns Beide büßen lassen, meinte er."

„Wieso uns Beide, *ich* war doch mit ihm zusammen, was hast du damit zu tun?" „Tja also, die Sache ist die", stotterte Sabrina, „als du ihn rausgeworfen hast, kam er zu mir und bat um Unterschlupf. Und du weißt ja, dass ich nur so eine klitzekleine Wohnung habe, und mein altes Sofa zum Schlafen völlig ungeeignet ist, da habe ich ihm Platz in meinem Bett angeboten. Es ist ja auch fast nichts passiert, er liebt nur dich."

„Das glaube ich jetzt nicht, oder? Du hast mit ihm geschlafen? Nur ein bisschen? Wie geht das denn? Du bist meine Schwester und hintergehst mich und betrügst mich mit meinem Freund? Das nenne ich mal eine tolle Familienbeziehung! Weißt du was, ich schenk ihn dir, werde glücklich mit ihm!"

Nach diesen Worten legte sie auf, immer noch ungläubig was passiert ist. Seltsamerweise berührte sie es nicht weiter, mit Mike hatte sie abgeschlossen nur von Sabrina war sie enttäuscht. Ihr gingen noch die Worte ihrer Schwester durch den Kopf.

Was hatte sie gesagt? Er wurde Sabrina gegenüber handgreiflich? Ja, das sah ihm ähnlich. Und ihre Schwester hatte Recht, er könnte ihre neue Arbeitsstelle rauskriegen und somit auch die Adresse. Sie musste sich was überlegen. Und wenn Mike herausfand, dass Sabrina ihn angelogen hat, wäre sie vielleicht in Gefahr von ihm verprügelt oder sonst irgendwie bestraft zu werden. Sie war zwar auf ihre Schwester ziemlich sauer, aber die Sorge um sie überwog alles. Also griff sie erneut zum Handy und rief an. Es dauerte ziemlich lange ehe Sabrina dran ging. Sie meldete sich mit einer ziemlich verschnieften Stimme, als ob sie geweint hätte. „Hör zu", herrschte Celina ihre Schwester an, „ich bin zwar ziemlich sauer auf dich, aber versprich mir in nächster Zeit sehr vorsichtig zu sein, geh nicht allein abends weg und vor allem lass die Schlösser austauschen, heute noch, Mike hat sicher noch einen Schlüssel von mir, von dem ich nichts weiß, kannst mir ja die Rechnung schicken, ich schreibe dir eine Mail mit meiner Adresse. Ist jetzt eh alles egal, trotzdem Danke, dass du mich gewarnt hast. Gib mir noch ein bisschen Zeit über die Enttäuschung wegzukommen, ich melde mich bald, vergiss bitte die Schlösser nicht. Tschüss".

Celina wartete auf keine Antwort, sondern legte gleich auf. Was fiel Mike nur ein, ihre Schwester so zu bedrängen, einzuschüchtern und handgreiflich zu werden. Aber hatte sie nicht genau diesen Wesenszug an ihm gehasst? Immer wenn es nicht nach seinem Plan lief, konnte er grob werden. Er hatte sie zwar nie geschlagen, aber hart an den Handgelenken gefasst und was ihm tierisch Spaß gemacht hat, sie zu erschrecken. Sie konnte sich an diverse Dinge erinnern, die ihr bis heute ins Gedächtnis eingebrannt waren.

Einmal kam sie nach Hause und Mike war schon da und lag blutüberströmt am Boden. Als sie aufschrie um den Notarzt zu rufen, stand er lachend auf und leckte sich das Ketchup aus dem Gesicht. Er fand Celinas Entsetzen zu komisch und lachte sie lauthals aus.

Ein anderes Mal hatten sie sich ein Segelboot ausgeliehen. Mike hatte einen Segelschein und war ein guter Schwimmer. Celina hingegen konnte sich – sagen wir mal – über Wasser halten. Deshalb hatte sie auch permanent eine Schwimmweste an, obwohl Mike das reichlich übertrieben fand. Plötzlich schrie er auf, ging über Bord und verschwand im Wasser. Sie beugte sich über die Reeling schrie nach ihm und weinte, weil sie nicht wusste, was sie tun sollte. Sie ging um das ganze Boot und schaute von allen Seiten ins Wasser, konnte ihn aber nicht sehen. In ihrer Verzweiflung sprang sie ebenfalls über Bord, klatschte hart auf, da tauchte Mike neben ihr lachend auf und meinte nur, „so bekommt man dich also ins Wasser". Das war aber noch nicht alles, er meinte dann nur trocken: „Wie kommen wir Beide wieder auf das Schiff? Hast du die Leiter runtergelassen?" Sie erschrak zutiefst, geriet fast in Panik und verneinte es. Ihr kam der Film in den Sinn, als alle auf hoher See ins Meer sprangen, und keiner an die Leiter dachte und sie somit fast alle ertranken. Hysterisch kreischte sie, bis Mike ihr eine Ohrfeige gab, um sie wieder zur Vernunft zu bringen. Er schwamm ein Stück am Boot entlang, entsicherte ein Seil, kletterte daran aufs Boot und ließ für Celina die Leiter herunter. Seitdem mied Celina das Wasser wo sie nur konnte. Mike machte seine Eskapaden immer wieder mit Kuscheln, Zärtlichkeiten, Essen gehen, Blumen und lieben Überraschungen wieder gut. Im Moment fielen Celina aber nur die schlechten Erinnerungen an Mike ein.

Sie würde morgen mit Kathi darüber reden. Ihrem Chef wollte sie nichts sagen, er gab ihr ja deutlich zu verstehen, dass ihm die privaten Angelegenheiten nichts angingen. Celina wusste bis dahin noch nicht, dass Mike bereits alle Informationen in der Tasche hatte, die er brauchte.

Mikes Zorn auf Sabrina, die ihn angelogen hatte, war noch nicht verraucht, sie würde seine Wut noch zu spüren bekommen. Herr Richling selbst hatte ihn zu sich gerufen, um ihn zu fragen, ob er vielleicht eine kleine Mitschuld an Celinas Kündigung trüge. Mike tat zerknirscht, versprach seinem Chef sich mit Celina nochmal auszusprechen, vielleicht könnte er sie ja überreden zurückzukommen. Herr Richling war seinem Mitarbeiter sehr dankbar und nannte Mike die neue Arbeitsstelle. Und da er ja nicht auf den Kopf gefallen ist, rief er im Verlag an und fragte nach Celina Meisner. Ausgerechnet Kathi war am Apparat. Er wollte von ihr Celinas Adresse, weil er gerade in der Nähe war und sie kurz besuchen wollte. Er klang so lieb und verführerisch, und dennoch nannte sie ihm die Adresse nicht, sondern bot ihm an, ihn in 10 Minuten zurückzurufen.
„Schade, es hätte eine Überraschung werden sollen, aber ich kann sie sehr gut verstehen, ich hätte an ihrer Stelle genauso gehandelt. Ich denke Celina wird sich über den Besuch ihres Cousins auch freuen, wenn es kein unverhoffter Besuch ist. Schade, aber nichts zu machen, ich rufe dann nachher nochmal an", sagte er mit gespielt enttäuschter Stimme.

Kathi war hin- und hergerissen, sollte sie diesem lieben Kerl die Adresse geben oder nicht? „Ach egal, ich sag es ihnen, wird schon in Ordnung sein." Mike grinste vor sich hin, „na bitte, klappt ja immer noch".

Nach diesem Anruf hatte Kathi aber dennoch ein seltsames Gefühl im Bauch. Sie rief Celina auf dem Handy an, aber es meldete sich niemand. Vermutlich hat sie es nicht gehört, ich versuche es später, dachte Kathi und arbeitete weiter.

Nichtsahnend, dass dieser „liebe Kerl" sich ein Auto mietete und auf dem Weg nach Oyle war.

Unterwegs hatte er viel Zeit um nachzudenken, wie er Celina wieder zurück haben könnte. Aber dennoch musste sie bestraft werden, man verlässt *einen Mike* nicht so einfach. Sie wird nach seiner Rache reumütig, kleinlaut und weinend wieder in seinen Armen liegen und alles ist wieder gut. Wäre doch gelacht, wenn es ihm nicht gelingen würde. Mit Sabrina wird er ein anderes Mal abrechnen. Dieses kleine freche Luder, Geschwister halt, aber auch sie wird sich noch wundern.
Noch hatte er keine konkreten Pläne, erstmal musste er nach Oyle und das Haus suchen, alles Weitere würde dann schon kommen.

Kathi hatte indes im Büro so viel Arbeit, dass sie nicht mehr daran dachte Celina anzurufen.

Stunden später, es dämmerte bereits, kam Mike in Oyle an, übermüdet und dennoch voller Aggression, je länger die Fahrt dauerte, desto wütender wurde er auf Celina. Wegen ihr musste er drei Tage Urlaub nehmen um ihr hinterherfahren zu müssen. Was glaubte denn dieses unverschämte Weibsstück ihn so zu behandeln?
Nun stand er vor diesem Haus, und wusste nicht, was er tun sollte. Klingeln? Um was dann zu tun? Sie in den Arm nehmen? Nein unmöglich. Im Auto auf sie warten?

Da kam zufälligerweise Torben die Straße entlang und sah den jungen Mann vor dem Haus stehen. Er hatte ihn noch nie hier gesehen, und als er das Nummernschild am Auto sah, folgerte er daraus, dass er wohl mit seiner Mieterin irgendwie in Verbindung stand.
Höflich sprach er ihn an: „Kann ich ihnen helfen? Mir gehört das Haus hier, und sie schauen es sich so interessiert an?"
Na das war ja mal Glück, dachte sich Mike. „Ja, sie könnten mir tatsächlich helfen, ich wollte meine Cousine Frau Meisner, überraschen, aber sie scheint nicht da zu, sein. Nach der langen Fahrt hätte ich mich gern kurz bei ihr aufs Ohr gelegt, aber nun suche ich eben eine kleine Pension und versuche es morgen noch einmal. Wie gesagt, sie weiß nicht dass ich komme, ich hätte sie sowieso nicht telefonisch erreichen können, denn ich habe ihre neue Handynummer nicht."
Torben Klimke überlegte. „Da Frau Meisner beim Tagblatt arbeitet, hat sie Schichtdienst und ich kenne

ihre Arbeitszeiten natürlich nicht, ich könnte mir aber vorstellen, dass sie sicher nichts dagegen hat, wenn ich sie reinlasse. Aber hinterlassen sie ihr bitte an der Haustür eine Nachricht, dass sie da sind, sonst bekommt die arme Frau ja einen Riesenschreck wenn jemand ohne ihr Wissen im Haus ist."

Mit diesen Worten zog Herr Klimke seinen riesigen Schlüsselbund hervor und schloss Mike auf.

Mike konnte sein Glück kaum fassen. Was hatte er nun für Möglichkeiten Celina wieder zur Vernunft zu bringen, er war in ihr Reich eingedrungen, ohne ihr Wissen, atmete tief die Luft ein, um ein Gefühl für ihr neues Leben zu bekommen, ein Leben, das sie ohne ihn plante. Verlassen hat sie ihn, ohne ein Wort, rausgeschmissen aus der Wohnung, ihr Auto wieder selbst genutzt, obwohl er es immer volltankte, er wurde belogen von Sabrina und ebenfalls vor die Tür gesetzt.

Je länger er über sich und sein Leben nachdachte, je zorniger und aggressiver wurde er. Er lief durch das Haus, besah sich jeden Winkel, riss die Schranktüren auf. Ja, das war Celina, ordentlich bis zu den Zehenspitzen. Alles hing säuberlich im Schrank, sogar die Schuhe standen ordentlich nebeneinander, nichts lag herum.

Als er ins Bad kam, irritierte ihn erstmal der große Spiegel. Man konnte sich fast komplett darin spiegeln, was Mike etwas nervös machte. Bei dieser Größe fühlte er sich nicht allein im Bad, sein Spiegelbild füllte den Raum aus, er fühlte sich von sich selbst beobachtet. „Blödsinn, was sind das denn für Gedanken." Ich sehe gut aus und bei diesem Gedanken begutachtete er sich von allen Seiten, verließ dann aber doch das Bad.

Er ging die Treppen hinauf, auch hier herrschte eine peinliche Ordnung, die Bücher standen in Reih und Glied und auch in den Einbauschränken herrschte absolute Ordnung. Seufzend erinnerte sich Mike an Zeiten, in denen Celina mit ihm schimpfte, weil er seine Socken überall liegen ließ, ihn selbst aber herumliegende Klamotten null störten. Sie war ständig dabei hinter ihm aufzuräumen. Na ja, jetzt lebte sie allein und irgendwann würde sie wieder reumütig, ja das war das richtige Wort, reumütig in seine Arme sinken, doch zuvor musste und wollte er ihr eine Lektion erteilen. Er wusste nur noch nicht wie. Celina fehlte ihm, das musste er sich eingestehen, er wollte sie unbedingt wiederhaben, aber nur zu seinen Bedingungen und nach einer angemessenen Rache bzw. Bestrafung. Das müsste sie einsehen, und das bekam er auch hin, davon war er zutiefst überzeugt. Die Frage war nur wie. Er musste sie psychisch so fertig machen, dass sie weinend in seine Arme sank und in Zukunft solche Eskapaden sein ließ. Schließlich war er der Mann, sie durfte so nicht mehr mit ihm umspringen, aber das würde sie nach seinen Plänen auch sicher einsehen.

Er ging durch das Haus, um irgendwelche Eingebungen zu bekommen, wie er Celina verängstigen konnte.

Ihre Ordnung, ja genau das war es, er musste ihre Ordnung durcheinander bringen. Zuerst zog er einige Bücher leicht aus dem Regal, dass sie nicht mehr Buchrücken an Buchrücken standen, dann vertauschte er ihre Schuhe, so dass die rechte Sandalette neben ihrem linken Pantöffelchen stand, dann legte er die Decke, die auf der Couch lag schräg über die Lehne. Am Anfang seines Planes wollte er nicht zu viel verändern, sie sollte anfangs nur verunsichert sein. Grinsend verließ er das Haus und zog die Tür hinter sich zu. Abschließen konnte er nicht, aber das passte zum Plan. Danach stieg er in das Auto, nahm sein Handy und rief nochmals beim Tagblatt an, in der Hoffnung, diese Kathi am Hörer zu haben.

Tatsächlich, Kathi meldete sich sehr freundlich mit: „Nienburger Tagblatt Kathi Wiesner am Apparat, was kann ich für sie tun?" „Hier ist nochmal der Cousin von ihrer Kollegin Celina. Ich habe lange vor dem Haus gewartet, leider muss ich nun weiterfahren, sie müssen ihr aber nichts ausrichten, denn ich versuche auf meiner Rückfahrt sie mit meinem Besuch zu überraschen, trotzdem Danke für ihre Freundlichkeit." „Hab ich doch gern getan", gab Kathi zur Antwort. Irgendwie war sie froh, dass das Zusammentreffen nicht geklappt hatte, sie wusste nicht wie Celina darauf reagiert hätte, weil sie die Adresse preisgegeben hatte.

Als Mike nun im Auto saß fand er es eigentlich schade, dass er Celinas Gesicht nicht sehen konnte, es hätte ihn richtig angemacht, seine Ex in so einer Situation zu erleben. Es musste doch möglich sein, sie irgendwie zu beobachten. Er stieg nochmals aus, lief um das Haus herum, schaute durch die unteren Fenster, klar könnte er reinschauen, aber sicher nicht unbemerkt. Er ging langsam um das Haus herum. Da bemerkte er den kleinen Schuppen. Er konnte sich nicht erinnern, innen eine Tür zu diesem Schuppen gesehen zu haben. Merkwürdig. Vorsichtig öffnete er das unverschlossene Schuppentor. Da stand ein altes Fahrrad, das konnte aber nicht von Celina sein, also musste dieser Holzanbau auch von anderen genutzt werden. Ein lautes „he, was machen sie hier?", riss ihn aus seinen Gedanken.

Ein junger Mann stand vor ihm, drohte mit den Fäusten fuchtelnd vor Mikes Gesicht herum. Mike grinste, das sah so lächerlich aus, dass er lachen musste, die Fäuste packte und beschwichtigend auf seinen Gegner einsprach: „Alles gut, ganz ruhig, ich wollte nur meiner Cousine einen kurzen Besuch abstatten, leider ist sie nicht zu Hause, deswegen habe ich mich hier ein wenig umgesehen. Aber toll dass man hier auf die Nachbarschaft so gut aufpasst."

Sören schaute verlegen drein und ging ohne ein Wort aus dem Schuppen und verließ das Grundstück rückwärts, um diesen Fremden nicht aus den Augen zu lassen. Mike fand es lächerlich, war aber nun auf der Hut. Er setzte seine Inspektion fort. Wenn er in die Wand, die eine gemeinsame Mauer vom Schuppen und dem Dachhaus war, ein Loch bohrte, könnte er dann in das Wohnzimmer schauen? Noch während seiner Überlegung versuchte er eine Latte von der Tür, die ebenfalls das Haus und den Schuppen verband ein wenig zu lösen. Sie ließ sich leicht lösen, aber er konnte nicht in das angrenzende Zimmer sehen. Welcher Raum war das überhaupt. Er ließ sich die unteren Räumlichkeiten durch den Kopf gehen. Es musste seiner Meinung nach das Bad sein. Da es schon recht dunkel war ,sah er erst später, dass da hinter dieser Tür etwas aus Holz stand. War das ein Schrank? Na klar, das musste der Schrank sein, der neben dem Spiegel stand. Also hatte man die einzige Möglichkeit vom Haus in den Schuppen zu kommen mit einem Schrank verstellt, und gleich daneben diesen Riesenspiegel aufgehängt. Gut zu wissen. „Riesenspiegel, Spiegel, Spiegel." Irgendwie wollte Mike das Wort Spiegel nicht mehr aus dem Kopf gehen. Noch wollte nichts Konkretes Gestalt annehmen und dennoch beschäftigte es ihn. Wie ein Mantra wiederholte sich das Wort in seinem Hirn, wie bei einer kaputten Schallplatte, es machte ihn schier verrückt. Er verließ den Schuppen und ging zu seinem Auto. Er fuhr noch ganz in Gedanken vertieft nach Nienburg und suchte sich eine kleine Pension, die er für noch zwei Tage benötigte.

Wieso eigentlich nur noch zwei Tage? In zwei Tagen konnte er nicht viel bei Celina ausrichten, aber Urlaub wollte er auch keinen nehmen. Er würde morgen zu einem Arzt gehen und sich krankschreiben lassen, bei der Autovermietung seinen Vertrag verlängern, das würde ihm Luft verschaffen.

„Spiegel, Spiegel, Spieglein Spieglein an der Wand…"

Immer noch rumorte es in ihm. Er war nun zu müde, vielleicht würde sich morgen eine Lösung auftun, oder er würde eine Superidee haben, jetzt erstmal eine Pension suchen und dann schlafen, schlafen, schlafen.

Angst

In Nienburg angekommen, fand er auch gleich ein nettes kleines Gasthaus, das er ansteuerte. Sie gaben ihm ein kleines aber sauberes Zimmer, das er auch gleich aufsuchte und sich ungeduscht ins Bett legte. Bald schlief er darauf ein.

Als Celina nach Hause kam, wunderte sie sich, dass die Haustür nicht abgeschlossen war. Hatte sie das etwa vergessen? Kopfschüttelnd trat sie in den Flur. Ihr erster Blick fiel auf das Schuhregal. Innerlich zitternd sah sie auf die Schuhe, die nicht mehr so dastanden, wie sie sie hingestellt hatte. Oder war sie gestern schon so müde, dass sie darauf nicht geachtet hatte. „Jetzt spinnst du aber", schimpfte sie sich selbst. Zog ihre Jacke aus und ging ins Wohnzimmer.

Ihr war unwohl, aber sie wusste nicht warum. Sie setzte sich auf die Couch um ein paar Minuten zu verschnaufen. Sie griff zu ihrer Decke, dabei bemerkte sie, dass diese nicht mehr ordentlich zusammengelegt war, sondern schräg über der Lehne hing. Entsetzt sprang Celina auf, „hier war jemand drin", registrierte sie. Sollte es Sören gewesen sein? Dass er durch das Fenster schaut, das würde sie ja notfalls noch akzeptieren, aber in ihrem Haus hatte er nichts zu suchen.

Sie beschloss zu Torben Klimke zu gehen um ihm die Meinung zu sagen. Aber was sollte sie ihm sagen: „Hören sie meine Schuhe standen nicht mehr an ihrem Platz und die Decke war verschoben?", sie würde sich damit lächerlich machen. Aber in Zukunft würde sie besser darauf achten, dass sie immer die Haustür abschloss. Und vielleicht würde sie Sören ja selbst treffen, um ihn zur Rede zu stellen.

Sie ging nach oben, um sich umzuziehen, dabei fiel ihr erster Blick auf das Bücherregal. Celina zweifelte an ihrem Verstand, die Bücher, wer hatte die Bücher in der Hand, oder hatte sie sie selbst so unordentlich in das Regal gestellt. „Ich glaub, ich werde verrückt", dachte sie. Was war nur los mit ihr?

Sie zog sich um, legte ihre Sachen gezielt ordentlich zusammen, ging nach unten, um sich noch etwas zu Essen zu machen. Bei all den Dingen, die sie nun machte, war sie hoch konzentriert, um sich später an alles zu erinnern. „Das darf ich niemanden erzählen", dachte sie, bin ich wirklich so hysterisch wie Sabrina es manchmal behauptete. Bei dem Gedanken an Sabrina dachte sie auch gleich an Mike. Mike, Mike, war er hier? Waren es mal wieder seine „Späße"? Sie erinnerte sich an einen Film, „Der Fremde in meinem Bett", hieß er, denn da gab es ähnliche Situationen, eine junge Frau hatte ihren psychisch gestörten Mann verlassen. Der fand sie und manipulierte die Wohnung, indem er Handtücher exakt gleich lang über die Duschstange hängte, ihren Küchenschrank peinlichst genau aufräumte etc.. Genauso geschockt war sie ja auch über die Veränderungen in ihrer Wohnung.

Wieso ging ihr jetzt Mike durch den Kopf? Ähnlich würde es ihm ja sehen. Aber wie sollte er so schnell ihre Adresse herausgefunden haben, sich zu ihr auf den

Weg gemacht haben, das ohne Auto, und wie sollte er in die Wohnung gelangt sein? Nein, das konnte nicht sein. Sie wollte aber in Zukunft auf alles achten, was sich hier verändert hat. Dafür nahm sie ihr Handy, fotografierte jedes Zimmer, alle Ecken, um sicher zu sein, dass nicht sie es war, die hier irgendwelche Veränderungen vornahm.

Ein „pling" aus der Küche verriet ihr, dass die Lasagne fertig war. Sie nahm sie vorsichtig aus der Mikrowelle, setzte sich an den Esstisch und begann genüsslich zu essen. Sie hatte sich so gesetzt, dass sie zum Fenster hinaussehen konnte. Irgendwie war es ihr wichtig freie Sicht zum und aus dem Fenster zu haben. „Mein Gott, wie kann ich mich nur so anstellen, ist es, weil ich jetzt alleine wohne? Obwohl Mike ja oft nicht da war, aber sie hatte eigentlich nie das Gefühl alleine zu sein."

Nach dem Essen wusch sie das Geschirr ab und stellte es wieder in den Schrank. Danach legte sie auf den Tisch eine kleine Tischdecke, die sie über das Eck legte und schon wirkte die Küche gemütlicher. Man hatte sie oft ausgelacht, weil sie immer eine Decke auf die Tische legte, sogar im Urlaub im Zelt oder Ferienwohnung. Sie fand es einfach schöner und wohnlicher. Anschließend ging sie ins Bad und überlegte: „Duschen oder ein Duftvollbad?" Sie entschied sich für die Dusche, denn sie war rechtschaffen müde und wollte schnell ins Bett.

Im Bad schaute sie sich noch einmal in ihrem großen Spiegel an, schminkte sich ab, zog sich aus und verschwand hinter dem Duschvorhang. „Ach verdammt, ich hab schon wieder vergessen den Boiler anzumachen, na egal, dann steh ich schon nicht solange unter der Dusche", seufzte sie. Frierend trocknete sie sich nach ein paar Minuten ab, zog ihren warmen Schlafanzug an und ging ins Wohnzimmer. Nach kurzer Überlegung änderte sie doch ihre Meinung und stieg die Treppen hinauf ins Schlafzimmer. Sie war so müde, dass sie in ihrem Bett, nachdem sie den Wecker gestellt hatte, sofort einschlief.

*

Mitten in der Nacht wachte Mike auf. Im ersten Moment war er absolut orientierungslos, aber nach einigen Sekunden fiel ihm wieder alles ein. Er stand auf, ging zum Fenster und schaute hinaus. Tiefste Finsternis um ihn herum. Keine Leuchtreklamen auf großen Häusern, keine Musik aus irgendwelchen Discos, nicht mal Autos fuhren um diese Zeit. Na ja, an Schlaf war im Moment nicht zu denken, aber dafür hatte er jetzt Zeit Pläne zu schmieden. Er musste herausfinden, wer Celinas Vermieter war, das war das Wichtigste. Dann musste er zu einem Arzt, um sich krankschreiben zu lassen und dann bei der Autovermietung die Verlängerung seines Mietvertrages zu veranlassen. Das war mal fürs Erste genug.

Er legte sich wieder in sein Bett, in der Hoffnung, noch einmal eine Mütze voll Schlaf zu bekommen. Das gelang ihm, bis er telefonisch von einer Pensionsangestellten wie gewünscht um 7.30 Uhr geweckt wurde. Mike zog sich nach einer Katzenwäsche an und ging hinunter in den Frühstücksraum, wo bereits der Tisch gedeckt war mit frischen Brötchen, Wurst- und Käseaufschnitt und mit herrlich duftendem Kaffee. Hungrig machte er sich über die leckeren Sachen her und schenkte sich eine zweite Tasse Kaffee ein.

Als er fertig gefrühstückt hatte, fragte er, wo hier der nächste Arzt sei. Die Angestellte erschrak: „Sind sie etwa hier krank geworden? das tut mir aber Leid."

„Nichts Schlimmes, nur ein bisschen Magengrimmen, das habe ich öfter, ich habe nur meine Tabletten vergessen." „Also gleich hier um die Ecke praktiziert Dr. Schneider, der ist sehr freundlich und hier sehr beliebt, hoffentlich hat er Zeit für sie." Mike bedankte sich für diese Information und machte sich nach dem Frühstück auch gleich auf den Weg.

Es ging leichter als gedacht. Da ein Patient abgesprungen war, musste er nicht lange warten. Dr. Schneider war ein älterer Herr mit grauen Haaren und blauen sehr intensiven Augen, mit denen er Mike anschaute. Mike erklärte ihm, dass er starke Bauchschmerzen habe, und ihm immer wieder schlecht werden würde, leider wäre er gerade beruflich unterwegs und könnte somit nicht zu seinem Hausarzt gehen. Dr. Schneider tastete den Bauchraum ab, konnte aber nichts finden. Was sollte Mike noch tun um seinen „gelben" Schein zu bekommen. Er würgte, griff sich an den Hals und bat um ein Glas Wasser. Dr. Schneider war darüber erschrocken, holte ihm Wasser und meinte besorgt: „Da ist ja was ganz und gar nicht in Ordnung, ich werde sie die nächsten vier Tage krankschreiben und möchte sie aber morgen noch einmal sehen." Das war zwar nicht so ganz im Sinne von Mike, aber er hatte immerhin vier Tage Urlaub gespart. Als er die Praxis verließ nahm er gleich sein Handy und rief die Autovermietung an.

Auch da gab es keine Probleme, nur als er den Preis etwas drücken wollte, weil er ja „krank" war, ging die Dame in keinster Weise auf sein Handeln ein. So, auch das war erledigt. Nun musste er noch den Namen des Vermieters ausfindig machen.

Er fuhr nach Oyle, bog langsam in die Straße ein, in der Celina wohnte, und überlegte, wie er an die Adresse herankam.

Der Zufall wollte es, dass genau in diesem Moment jener junge Mann ums Eck kam, der ihn tags zuvor mit den Fäusten bedroht hatte, als er gerade aussteigen wollte. „He junger Mann, kennst du mich noch? wir haben uns doch gestern im Schuppen getroffen, erinnerst du dich?"

Sören zuckte zusammen, hielt die Hände vor sein Gesicht, als wolle er sich vor Mike schützen. „He, ich tu dir doch nichts, aber ich brauche vielleicht deine Hilfe". Sören ging zögernd auf Mike zu und fragte: „Was wollen sie von mir?" „Nur eine kleine Auskunft. Weißt du wem das Haus hier gehört", dabei zeigte er auf das Dachhäuschen, indem Celina wohnte, „und wo ich den Besitzer finden kann?"

„Das Haus gehört meinen Großeltern, aber die sind tot, mein Bruder passt jetzt darauf auf, aber da wohnt jetzt jemand, ich darf da nicht mehr rein", mit diesen Worten zog Sören einen Schmollmund, dass Mike die Augen verdrehte. „Was ist das denn für einer", dachte er, fuhr aber sehr freundlich fort: „Und wo kann ich deinen Bruder finden?" „Was wollen sie von dem, wollen sie mich verraten, weil ich im Schuppen war?" Mike dachte bei sich, dass es vielleicht einfacher sei diesen leicht beschränkten Kerl auszufragen, als seinen Bruder. „Tja weißt du, ich möchte meine Cousine überraschen und ihr Bad umbauen, sie darf das aber nicht wissen und ich wollte deinen Bruder fragen, ob er damit einverstanden ist und mir heimlich den Hausschlüssel überlässt, um darin ohne Frau Meisners Wissen zu arbeiten. Jetzt, wo wir doch Freunde sind und ich dich sicher nicht verpetzen möchte, kannst du mir ja vielleicht helfen. Dein Bruder und meine Cousine müssen das ja nicht wissen." Dabei lächelte er Sören so treuherzig an, was ihm bei diesem Kerl sichtlich schwerfiel.

Sören fand das toll und versprach ihm zu helfen. „Was willst du denn umbauen, ich will dir dabei helfen." Das hatte Mike ja gerade noch gefehlt, aber er wollte diesen Kerl nicht vergraulen. In diesem Moment fiel ihm wieder der Spiegel ein.

Das war es. Genau, der Spiegel. Schon in der Nacht gingen ihm immer wieder Ideen durch den Kopf. „Also ich möchte den Spiegel austauschen, das ist mal das Erste, aber wie komme ich ungesehen ins Bad?"

Sören war nun ganz aufgeregt, „das ist ja einfach, wir machen die Schuppentür auf, zum Glück geht die nach innen auf, und schieben den Schrank ganz vorsichtig nach vorne, dann können wir uns dazwischen klemmen und ins Bad gehen." „O.k., aber wie kommen wir wieder hinaus, wenn der Schrank so weit von der Tür weg steht, das fällt meiner Cousine doch auf?" „Das kleine Kippfenster im Flur, das klemmt, ich komme da gut raus und rein, für dich wird das schwieriger." Dabei zeigte er auf Mikes kleinen Bauch, der das gar nicht lustig fand. Er fühlte sich rank und schlank, aber wenn Sören meinte, dass nur er da durch kam, so musste er sich auf ihn verlassen. Er, Mike, würde sich wieder zwischen Tür und Schrank durchquetschen, Sören würde daraufhin den Schrank wieder vor die Tür schieben und aus dem Flurfenster klettern.

Jetzt kam das nächste Problem. Mike wollte sich einen venezianischen Spiegel besorgen, so einen wie die Polizei hat. Von der einen Seite konnte man wie in einen richtigen Spiegel sehen, und von der anderen Seite in das Bad. Diese Idee, eine von vielen anderen, kam ihm in der Nacht, als er nicht mehr schlafen konnte. Er musste noch Sören überzeugen, dass er an der Stelle, wo der jetzige Spiegel hing, ein Loch in die Mauer zu schlagen, damit man auch wirklich ins Bad hineinsehen konnte.

„Kannst du mir noch Werkzeug besorgen, um ein Loch in die Mauer zu schlagen, um den Spiegel richtig festmachen zu können?", log er. Sören war begeistert, endlich konnte er mal zeigen was er alles kann. Mike war der Erste, der ihn richtig ernst nahm. „Klar kann ich, im Keller meines Bruders liegt das alles nur so rum. „Wir dürfen aber niemandem etwas davon verraten", beschwor Mike Sören. „Ehrenwort", strahlte Sören.

Sören

Und so erstellte Mike seinen Plan. Sobald er den Spiegel hatte, was sicherlich nicht einfach war, würde er sich bei Sören melden. Da sein Bruder Torben tagsüber bei der Arbeit war, Sören vormittags in der Behindertenwerkstatt arbeitete, wollten sie sich am frühen Nachmittag treffen, um weitere Schritte vorzubereiten.

Mike nahm seinen Laptop aus dem Auto und suchte nun über Google „venezianische Spiegel". Es gab tatsächlich einen Anbieter, der solche Spiegel vertrieb. Nun musste er nur noch den „alten" Spiegel abmessen, und ihn dann mit dem Neuen tauschen.

Mike fuhr noch einmal nach Nienburg, um in einem kleinen Restaurant etwas zu essen und überlegte, wie er nun weiter vorgehen wollte.

Also, er musste Sören dringend überreden, ihm den Hausschlüssel zu geben, um einen Nachschlüssel machen zu lassen, trotz dem verklemmten Flurfenster. Das war Mike wichtig. Gegenüber der Gaststätte war ein Baumarkt. Da wollte er Knete kaufen, um einen Abdruck vom Schlüssel machen zu lassen. Dort konnte er sich ja auch noch umsehen, was er sonst noch brauchen würde für seine Pläne. Je mehr er über seine Situation nachdachte, desto wütender wurde er auf Celina, die ihn in diese Situation gebracht hatte.

Er schlenderte durch die Regale von diesem Baumarkt, nahm diverse Haken, Scharniere und Klemmen mit, legte noch eine Packung Knetmasse in seinen Korb und ging zur Kasse. Gegenüber den Kassen befand sich noch ein kleiner Laden, bei dem man seine Schuhe besohlen lassen, Gravuren in kleine Metallblättchen ritzen und vor allem.... Schlüssel nachmachen lassen konnte. „Na wenn das kein Wink des Himmels war", dachte Mike. Nachdem er alles bezahlt hatte ging er fröhlich pfeifend und mit sich sehr zufrieden zu seinem Auto auf dem Parkplatz, verstaute alles im Kofferraum und machte sich wieder langsam auf den Weg nach Oyle, wo er sich mit Sören treffen wollte.

Er hatte sich zehn Minuten verspätet, denn Sören stand schon am Dachhäuschen und wartete ungeduldig auf Mike. Nörgelnd meinte er; „Ich dachte schon, du hättest mich vergessen." „Nein, wie könnte ich, du bist doch mein bester Freund und ich brauche dich doch", beschwichtigte Mike ihn. „Meinst du, du könntest mir mal für ein Stündchen den Schüssel von diesem Haus ausleihen?" „Ich kann Torben ja mal fragen", antwortete Sören. „Nein, um Gottes Willen, er darf doch unser Geheimnis nicht wissen, sonst ist die ganze Überraschung weg", erschrak Mike. „Aber wenn du das nicht hinkriegst, bin ich sehr enttäuscht von dir", versuchte er Sören einzuschüchtern bzw. ihm ein schlechtes Gewissen einzureden.

Er hatte schon gemerkt, wie einfach Sören gestrickt war. Man musste ihm eine leichte Aufgabe erteilen, ihn dann loben, und man hatte einen Freund fürs Leben. Tatsächlich ging der Plan auf. Sören versprach ihm, gleich nachher den Schlüssel zu holen, drehte sich um und lief mit großen schnellen Schritten zu seinem Haus.

Kurze Zeit später kam er strahlend mit dem Schlüsselbund seines Bruders wieder heraus. Wild fuchtelnd rief er laut: „Ich hab ihn, ich hab ihn!" „Pscht nicht so laut, es muss ja nicht gleich die ganze Nachbarschaft alles mitbekommen." Erschreckt zog Sören das Genick ein, daran hatte er nicht gedacht, er wollte auch seinen neuen Freund nicht verärgern. „Entschuldigung, mach's nie wieder", meinte er zerknirscht. „Schon gut, also gib schon her, welches ist denn nun der Schlüssel?" „Das weiß ich nicht, weiß nur, das er am Schlüsselbund dabei ist."

Mike blieb nun nichts weiter übrig, als alle Schlüssel auszuprobieren, in der Hoffnung, dass ihn niemand dabei beobachtete.

Nach sechs Versuchen hatte er den Richtigen gefunden, nahm die Knetmasse aus seiner Jackentasche und drückte den Schlüssel hinein. Danach gab er den ganzen Bund Sören zurück und forderte ihn auf, kurz ins Haus zu gehen, um den Spiegel auszumessen. Er drückte ihm ein Blatt Papier, Bleistift und ein Metermaß in die Hand.

Sören zögerte „ich darf da nicht rein".

„Blödsinn, du kletterst doch auch durch das Flurfenster, wo ist da der Unterschied, so ist das doch viel einfacher", meinte Mike und schüttelte verständnislos den Kopf. Sören wiegte den Kopf hin und her, war dann aber von dem Argument überzeugt und willigte ein. Mike versprach ihm, sobald jemand die Straße entlangkommen sollte, ihn mit einem Pfiff zu warnen. Damit war Sören einverstanden, schloss das Dachhäuschen auf und ging hinein. Er fand es einerseits befremdlich und wiederum fühlte er sich hier noch zu Hause. Er meinte, seine Großeltern würden jeden Moment aus irgendeinem Zimmer kommen und ihn freundlich begrüßen. Heimlich durch das Fenster zu sehen, oder mal durchs Fenster zu klettern, nur um einen Augenblick Vergangenheit zu erhaschen, war das eine, das andere war, jetzt hier frei und mit Genehmigung seines Freundes durch das Haus zu gehen. Er fühlte sich wohl, setzte sich auf die Couch und streckte die Beine von sich. Ein kurzes „he, wieweit bist du", schreckte ihn hoch, er hatte seine Aufgabe ganz vergessen. Eilig nahm er den Stift und das Papier, ging ins Bad und antwortete schnell: „Bin gleich fertig".

Er maß den Spiegel ab, schrieb auf: „Breite 90 cm, Höhe 1,50 m", steckte das Papier ein und beeilte sich, das Haus so schnell wie möglich zu verlassen. Er zog die Tür hinter sich zu, schloss ab und gab Mike das Blatt mit den Maßen.

„So mein guter Freund, nun kommt die nächste Aufgabe für uns. Wir müssen ein Loch in diese Wand schlagen, hast du das passende Werkzeug dazu?" „Na klar, wann wollen wir anfangen?"

Mike überlegte, „für heute ist es schon zu spät, aber sobald ich den neuen Spiegel habe, legen wir los, wir treffen uns morgen um die gleiche Zeit wieder hier, ist das o.k. für dich?" Sören strahlte über das ganze Gesicht. Er wurde gefragt, ob das für ihn ok sei, das hatte ja noch nie jemand gefragt. Stolz erwiderte er: „Selbstverständlich, für dich tu ich doch alles."

Eigentlich sagt er immer „na klar", aber „selbstverständlich" klang viel erwachsener. Die Beiden verabschiedeten sich, Sören ging zu sich nach Hause und Mike zum Auto. „Vergiss nicht, den Schlüsselbund wieder dort hinzuhängen, wo du ihn her hattest", rief er Sören noch nach. „Versprochen", kam sofort die Antwort.

Mike fuhr zurück nach Nienburg, wo er den Schlüssel nachmachen lassen wollte. Hoffentlich gab es da keine Probleme.

Der Mann am Tresen schaute wirklich nachdenklich auf die Knetmasse. „Das ist eigentlich nicht erlaubt". Er sagte „eigentlich", also gab es vielleicht doch eine Möglichkeit. „Es ist wirklich sehr dringend", bettelte Mike. „Ich habe meinen Schlüssel verloren und meine Freundin braucht ihren aber jeden Tag weil sie im Krankenhaus schichtet, ich kann ihn mir also nicht ausleihen, deswegen der Abdruck". Immer noch nachdenklich auf die Masse schauend, war der Mann noch nicht überzeugt. „Ich lege noch ein Scheinchen drauf, aber bitte helfen sie mir". „Na gut, ausnahmsweise, aber sagen sie das nicht weiter, das könnte mich meinen Job kosten". „Das würde ich doch niemals tun, Ehrenwort, ich bin so froh, dass sie mir helfen". Bekräftigend legte Mike seine Hand auf die Brust.

Er musste lange warten, weil es wohl schwierig war, einen Schlüssel auf Grund eines Knetabdruckes herzustellen. Schließlich war er fertig. „98 Euro", verlangte der Mann. „Was, so viel?", war Mike entsetzt. „Sie wollten doch ein Scheinchen drauflegen, also ich kann den Schlüssel ja auch wieder zurücknehmen". „Nein nein, ist in Ordnung". Mike zückte seinen Geldbeutel, nahm einen Hunderter heraus, und reichte ihn über den Tresen. „Vielen Dank", grinste der Schlüsselmensch und unternahm keine Anstalten Mike die zwei Euro rauszugeben. Mike war sauer, er fühlte sich über den Tisch gezogen, konnte aber nichts unternehmen, was ihn richtig wütend machte. „Und wer ist schuld? Celina, sie kostete ihn ein Vermögen."

Er ging in seine Pension zurück, legte sich aufs Bett, nahm sein Handy in die Hans, suchte den Anbieter von den venezianischen Spiegeln, gab die Maße ein und bestellte ihn per Express an die Adresse seiner Pension. Danach ging er hinunter an die Rezeption, und kündigte eine Sendung an, die an ihn adressiert ist. „Sollte ich gerade nicht im Haus sein, könnten sie vielleicht so freundlich sein, es bei ihnen hier hinter dem Tresen solange aufzubewahren, bis ich es abholen kann?", fragte er höflich die Dame, die gerade Dienst hatte. „Natürlich, das machen wir doch gerne", gab sie freundlich zurück.

„So, das wäre erledigt", atmete Mike auf. Jetzt hatte er alles erledigt, was er für heute erledigen wollte. Nun hieß es warten, auf morgen, auf Sören, auf das Werkzeug etc. Hoffentlich passte der Schlüssel, sonst müsste der erste Plan „Schrank verschieben und das Herausklettern durch das Flurfenster" Einsatz finden.

*

Als Celina am nächsten Tag nach der Arbeit nach Hause kam, ging sie in den Flur, um ihre Schuhe im Regal abzustellen. Die Schuhe standen in Reih' und Glied da. „Gott sei Dank", dachte Celina, alles in Ordnung. Trotzdem ging sie die Treppe hinauf, um nachzuschauen, ob auch dort alles in Ordnung war. Ein dicker Brocken fiel ihr vom Herzen, es war alles so, wie sie es heute morgen verlassen hatte.

Nach der Arbeit war sie noch schnell einkaufen gegangen, um sich für heute abend ein feines Essen zu brutzeln. Doch zuvor wollte sie noch schnell unter die Dusche, um sich ihre „Schlamperklamotten" anzuziehen. In diesem Look schmeckte es daheim noch viel besser. Sie ging ins Bad, zog sich aus um unter die Dusche zu gehen, da fiel ihr Blick auf den Boden.

Auf den Fliesen lag ein Bleistift, den sie sicher dort nicht verloren hatte. Die Werbung auf diesem Stift war von einem Baumarkt in Nienburg. Celina hatte die Lust am Duschen verloren, vorsichtig zog sie den Vorhang zur Seite, in der Angst, Mike würde schreiend heraustreten. Nichts. Celina zog sich wieder an, wollte zu Torben hinübergehen, um ihn zu fragen, ob jemand in ihrem Häuschen war, da klingelte ihr Handy.

„He Celina, ich wollte mich bei dir nur mal melden und fragen, ob du noch immer böse auf mich bist". Als Celina Sabrinas Stimme hörte, freute sie sich sehr über den Anruf. Immer noch aufgewühlt wegen des Bleistiftes, antwortete sie: „Nein, böse war ich dir nie, nur enttäuscht, aber das ist vorbei. Wie geht es dir? Und was macht unser spezieller Freund?" „Darüber wollte ich mit dir reden. Ich trau dem Kerl nicht mehr über den Weg. Ich habe erfahren, dass er Urlaub genommen hat, aber keiner weiß wo er ist. Ich hab ein blödes Gefühl, aber vielleicht spinn ich auch." Als Celina das hörte, gingen ihr all die Merkwürdigkeiten, die ihr hier passiert sind, durch den Kopf. „Ach, der will doch nichts mehr von mir, der hat sich doch längst eine andere, ein anderes Opfer gesucht."

Eigentlich sollte ihre Stimme überzeugend klingen, aber Sabrina hörte zweifelnden Unterton heraus. „Was ist, geht's dir gut? Oder hast du schon bereut, dass du weggezogen bist?" „Nein, das habe ich nicht, nur bin ich fast sicher, dass während meiner Abwesenheit jemand in meinem Haus herumgeistert." „Das klingt ja gruselig, an was machst du das denn fest?" Celina erzählte ihr alles, was ihr daheim aufgefallen ist und fragte dann: „Glaubst du ich bin hysterisch, wie du mich schon häufig bezeichnet hast?" „Nein, das gefällt mir gar nicht, ich mache mir echt Sorgen um dich, kannst du diesen Torben nicht mal darauf ansprechen? Das muss doch ein vernünftiger Mensch sein."

Celina versprach ihrer Schwester, gleich morgen mit ihm zu reden. Jetzt wollte sie sich erst mal was zu essen machen und ausnahmsweise mal früh schlafen gehen. „Bitte melde dich aber ab jetzt jeden Tag bei mir, versprochen? Und sobald ich was von Mike höre, gebe ich dir Bescheid". Mit diesen Worten verabschiedeten sie sich und Celina war danach ein ganzes Stück ruhiger geworden.

Als sie am nächsten Morgen ins Büro ging, schaute sie kurz bei Kathi in der Zeitungsannahme vorbei. „Wie siehst du denn aus, hast du nicht gut geschlafen?", fragte Kathi besorgt. „Na ja, es geht so, gehen wir in der Mittagspause zusammen was essen? Ich muss einfach mit jemandem reden." Kathi schaute Celina besorgt an, „ich hätte dich eh in deinem Büro angerufen um mit dir eine Zeit auszumachen. Du gefällst mir gar nicht, lass uns nachher ausführlich bei einer feinen Pizza reden."

Die Arbeit machte ihr großen Spaß, was sehr viel mit Michaels Art zu tun hatte. Es entwickelte sich zwischen Beiden eine herzliche Freundschaft und Hilfsbereitschaft. Michael hatte eine sehr witzige trockene Art Dinge zu sehen und auch so niederzuschreiben, die Celina in ihrer Ernsthaftigkeit abging. Sie arbeitete sehr konzentriert und schnell und ließ sich nicht von Gemütsregungen beeinflussen. Sie ergänzten sich in erfrischender Weise. Fast hätte sie die Mittagspause vergessen, wäre Kathi nicht vorbeigekommen. „Na du Arbeitstier, willst du mich versetzen?", lachte sie. „Oh, ich habe gar nicht auf die Uhr geschaut, gib mir zwei Minuten und ich bin fertig", gab Celina zurück. „Und was ist mit mir? wird das ein Weibergespräch, oder darf ich mich anschließen?" Eigentlich wollte Celina ja mit Kathi über ihre Probleme sprechen, aber in Michaels Gegenwart konnte sie das nicht machen. Nicht dass sie ihm nicht zugetraut hätte, ihr Ratschläge zu erteilen, aber eine innere Stimme riet ihr davon ab. Sie mochte Michael, und das war der Grund, warum sie nicht über Mike sprechen wollte.

„Logisch kannst du mit, du musst doch nicht fragen", erwiderte Celina. Kathi hatte sich einer Antwort enthalten, weil sie nicht wusste, wie Celina reagieren würde. Es gab sicher noch andere Momente, in denen sie mit ihr in aller Ruhe sprechen konnte.

Die Drei machten sich fröhlich schwatzend auf den Weg in die Kantine, um gemeinsam zu essen.

*

Mike war in dieser Zeit nicht untätig, er musste heute ja noch einmal zum Arzt. Auch dieses Mal musste er nicht lange warten und Dr. Schneider fragte ihn, wie es ihm heute ginge.

„Kein bisschen besser, die Tabletten haben kaum geholfen", jammerte Mike seinem Arzt etwas vor. Der war ein wenig erstaunt darüber, denn eigentlich hätte eine Besserung eintreten müssen. Er tastete Mike nochmals ab, konnte nichts feststellen und riet ihm, vorsichtshalber ins Krankenhaus zu gehen, um sich gründlich untersuchen zu lassen. Er schrieb eine Überweisung aus und übergab sie Mike.

Das hatte ihm gerade noch gefehlt, sicher würde er *n i c h t* ins Krankenhaus gehen, die Krankmeldung lief ja noch diese Woche, und dann würde er sehen, was er danach machen konnte. Ein Blick auf seine Uhr verriet ihm, dass er noch knapp eine Stunde Zeit hatte, sich mit Sören wieder zu treffen. Er war gespannt, was der Tolpatsch erreicht hatte und welches Werkzeug er mitbringen konnte.

Er fuhr zurück nach Oyle und machte auf der Fahrt kurz Halt, um sich an einem Pizzastand eine Pizza Margherita zu bestellen.

Frisch gestärkt fuhr er weiter und kam rechtzeitig am Dachhäuschen an, wo Sören schon auf ihn wartete. Neben sich auf dem Gehsteig hatte er einen Vorschlaghammer, Brecheisen, eine Maurerkelle, Schaufel und Eimer stehen. „Ja spinnt denn der total", regte sich Mike auf. Leise aber bestimmt sagte er zu Sören: „Du kannst doch nicht alles hier auf der Straße stehen lassen, was sollen die Leute denn denken, wenn sie das sehen? Oder hat dich vielleicht schon jemand darauf angesprochen? Du weißt doch, es soll niemand von unserer Aktion erfahren!" Eingeschüchtert erwiderte Sören: „Es hat mich niemand gesehen, ich habe nicht darüber nachgedacht, bitte entschuldige."

Mike, der immer noch auf die Hilfe von Sören angewiesen war, versuchte sich zu beruhigen und meinte beschwichtigend: „Also gut, jetzt aber alles schnell in den Schuppen tragen. Können wir das noch einen Tag dort liegen lassen, ohne dass es dein Bruder merkt?" Der neue Spiegel ist nämlich noch nicht da, und erst dann können wir weitermachen."

„Na klar, der braucht das alles nicht, kann mich nicht erinnern, wann Torben das letzte Mal irgendwas davon benutzt hätte." „Gut, dann treffen wir uns morgen wieder hier, ich hoffe dass bis dahin meine Lieferung eingetroffen ist." Mit Handschlag verabschiedeten sie sich, Mike quälte sich noch ein Lächeln für Sören ab und schlug ihm kameradschaftlich auf die Schulter.

Diese Geste löste in Sören die Spannung und er strahlte Mike, seinen guten Freund, herzlich an.

Der Spiegel sollte morgen geliefert werden, aber was konnte Mike jetzt tun, er wollte nicht unverrichteter Dinge nach Nienburg zurückfahren. Er erinnerte sich an den nachgemachten Schlüssel, dieses überteuerte Ding in seiner Tasche und wollte ihn schon mal ausprobieren. Tatsächlich, der Schlüssel passte, er schlüpfte hinein und zog die Tür gleich wieder hinter sich zu. Er hatte die Hoffnung, dass Celina noch arbeiten musste, zur Not würde er sich hier irgendwo verstecken müssen, bis er die Möglichkeit zur Flucht hatte. Aber bis dahin wollte er sich hier noch ein bisschen umschauen. Ob sie wohl noch Bier im Kühlschrank hatte?

Er öffnete ihn, aber alles was darin lag war in seinen Augen nur gesund, kein Alkohol, nur kalte Milch. Typisch für diese Zicke. Er ging weiter ins Wohnzimmer. Auf dem kleinen Schränkchen stand ein Bild von ihr und ihrer Schwester, wie sie sich lachend umarmen, im Hintergrund ein kleiner See.

Er nahm das Bild aus dem Rahmen, nahm sein Taschenmesser aus der Hose und schnitt den Beiden die Augen großflächig aus. Er lachte, das Bild sah jetzt richtig gruselig aus. Genau das wollte er. Da hörte er ein Auto die Straße heraufkommen, schnell steckte er sein Taschenmesser wieder ein, stopfte das Bild schnell wieder in den Rahmen, stellte es auf den Schrank und eilte zur Tür. Hoffentlich reichte ihm noch die Zeit zur Flucht. Als er die Tür öffnete, fuhr das Auto gerade am Haus vorbei. „Gott sei Dank", dachte er, es war nicht

Celina. Aber für heute hatte er genug. Mike überlegte ob er die Tür abschließen sollte oder nicht. Er schloss ab. Sie sollte sich in Sicherheit wiegen, wenn sie nach Hause kam.

*

Celina hatte den ganzen restlichen Tag keine Zeit mehr sich mit Kathi zu unterhalten. Sie konnte heute etwas früher Schluss machen, während Kathi Spätdienst hatte. „Schade", dachte Celina, „vielleicht kann ich morgen mal mit ihr über meine Probleme reden". Sie ging über den Parkplatz zu ihrem Auto und fuhr gleich nach Hause. Sie hatte einen Tag zuvor schon genug für die nächsten Tage eingekauft, so konnte sie es sich heute mal richtig gemütlich machen. Das Verkehrsaufkommen war gering, nicht so wie bei Ihr in ihrem alten Zuhause rund um Leonberg. Noch war die Sonne nicht untergegangen, und sie genoss die letzten Sonnenstrahlen als sie an ihrem Dachhäuschen ankam. Sie schloss die Tür auf, und schaute sich vorsichtshalber um, ob noch alles an seinem Platz war.

Dieses Ritual hatte sie sich hier angewöhnt, seit sie hier wohnte. „Alles ist gut", ging ihr durch den Kopf, lächelnd ging sie in die Küche, um sich in der Mikrowelle ihr Essen warm zu machen. In der Zwischenzeit ging sie an den Kühlschrank und holte sich eine Flasche Milch heraus. Sie liebte kalte Milch. Ein „pling" sagte ihr, dass ihr Essen fertig war. Sie setzte sich an den Küchentisch und aß mit großem Genuss ihren Nudeleintopf. Im Radio lief ihr Lieblingssender, SWR3, mit vielen Songs, die sie liebte, und bei manchen Sängern war sie auch schon auf Live-Konzerten gewesen.

Dabei kamen wieder Erinnerungen hoch, die sie wieder einmal mit Mike in Verbindung brachte. Das letzte Live-Konzert, das sie Beide besuchten, war Peter Maffay. Es war so toll, und Celina sang bei den meisten Songs aus voller Brust mit. Mike war das sehr peinlich, aber er sagte nichts dazu, sie hatte es nur an seinem Verhalten bemerkt. Nach dem Konzert allerdings bei seinem – nein ihrem Auto, verhöhnte und beleidigte er sie. „Wie kann man nur so viel Mut aufbringen, um mit so einer scheußlichen Stimme laut zu singen", schrie er sie an, „das ist ja so was von peinlich, nächstes Mal gehe ich alleine".

Celina war wie vom Donner gerührt und den Tränen nahe. Dieses Konzert hatte ihr so viel Spaß gemacht, nie hätte sie gedacht, dass Mike so darauf reagieren würde. Tief getroffen gab sie ihm die Autoschlüssel und stieg auf der Beifahrerseite ein. Es dauerte eine Ewigkeit, bis Mike ebenfalls einstieg, sie wusste nicht warum er nicht gleich losfahren wollte. Sie traute sich aber nicht, ihn zu fragen. Sie wollte nur noch heim, unter die Dusche und ins Bett, ohne mit Mike noch mal über das Konzert zu sprechen. Gerne hätte sie sich mit ihm noch ausgetauscht, denn immer wenn ihr etwas gefiel, musste sie es mit jemandem teilen. Mike war heute allerdings nicht der Partner dazu.

Zuhause angekommen, ging Celina wortlos zur Haustür und wartete darauf, dass Mike aufschloss, schließlich hatte er ja die Schlüssel. Noch während sie wartete, startete Mike nochmals das Auto und fuhr davon. „Was war das denn? Er konnte sie doch hier nicht alleine stehen lassen, er wusste doch dass sie nur diesen einen Schlüssel mitgenommen hatte und nicht in die Wohnung kam. Celina fror erbärmlich in ihrem leichten Kleid und ihren High Heels. Was sollte sie tun, ihm hinterhertelefonieren?, Nein, dazu war sie zu stolz. Ihr blieb nichts weiter übrig als zu warten, bis Mike irgendwann mal zurückkam. Sie setzte sich auf die Treppenstufen und wartete. Es verging fast eine Stunde, ehe Mike mit ihrem Auto auftauchte.

Mit einem strahlenden Gesicht, als wäre nichts gewesen, stieg er aus, nahm Celina in die Arme und sagte entschuldigend: „Ach Schatz, ich habe ja ganz vergessen dass du keinen Schlüssel dabei hattest, sei mir bitte nicht böse, aber ich brauchte noch frische Luft nach der stickigen Hallenluft, dass ich noch ein bisschen spazieren gegangen bin." „Wieso hast du mich denn nicht gefragt, ob ich auch mitgehen möchte?", fragte Celina. „Ach mein Herz, du warst doch so sauer auf mich und bist ja auch gleich ausgestiegen, dass ich dich nicht frage wollte", erwiderte Mike mit einem treuherzigen Blick. Celina hatte ihm daraufhin sofort verziehen. Sie dachte wirklich, sie hätte einen Großteil Schuld bei dieser Aktion gehabt.

Aber das war jetzt vorbei. Jetzt hatte sie Mike, den Psycho, wie sie ihn nun heimlich nannte, durchschaut. Im Moment genoss sie einfach ihr Leben, auch wenn manche Dinge ungeklärt waren. Aber das würde sich schon noch ändern, sie würde sicher herausfinden, wer und warum jemand im Haus war. Sie stellte das Geschirr in die Spüle, stellte die Flasche Milch wieder in den Kühlschrank und nahm sich ein Weinglas aus dem Schrank und den Weißwein aus ihrer Abstellkammer, und ging ins Wohnzimmer, um mit ihrer Schwester zu telefonieren. Sie hatte ja versprechen müssen, jeden Tag bei ihr anzurufen. Das Verhältnis zu ihr war früher nicht so innig gewesen wie jetzt. Es war ein schönes Gefühl und auch das genoss sie.

Sie setzte sich auf die Couch, schenkte sich das Glas voll, nahm ihr Handy in die Hand und wählte Sabrinas Nummer. Nach dem zweiten Klingelton war sie schon dran. „Fein, dass du anrufst, jetzt wo du so weit weg bist, fehlst du mir doch sehr", sagte sie. Also ging es ihrer Schwester ebenso wie ihr.

„Tja, mir geht's auch so, aber du kannst mich ja jederzeit hier besuchen, es würde dir sicher gefallen." Celina meinte das ganz ehrlich und herzlich. Sabrina hatte es auch so verstanden und fragte vorsichtig: „Kann ich nächstes Wochenende bei dir verbringen? Ich könnte Freitagabend fahren und würde am Sonntag zurückfahren, die besten Zugverbindungen habe ich schon rausgesucht", meinte sie verschmitzt. „ Das wäre echt toll, das würde mich riesig freuen", strahlte Celina.

Noch während sie gemütlich sitzend im Schneidersitz auf der Couch saß und mit Sabrina plauderte, fiel ihr Blick auf die Kommode, auf der das Bild von ihr und ihrer Schwester stand. „Wart mal Sabrina, ich komme gleich wieder, bleib dran", mit diesen Worten stand sie auf, legte das Handy auf den Couchtisch und ging zum Bild hinüber. Irgendwas stimmte da nicht. Als sie näherkam und es genau betrachten konnte, schrie sie gellend auf, schluchzte und rannte zum Handy zurück.

„Sabrina, irgendjemand hat aus dem Bild, auf dem wir Beide am Bodensee waren, unsere Augen ‚rausgeschnitten, jetzt sind in unseren Gesichtern vier große Löcher", schluchzte sie, „wer macht denn so was".

Celina konnte sich nicht beruhigen. Sie weinte, stöhnte und schrie, als ob man ihr selbst körperlichen Schmerz zugefügt hätte. „Celina, beruhige dich bitte, was kann ich für dich tun, das ist wirklich schrecklich, willst du immer noch in diesem Haus bleiben? Kannst du nicht deine nette Kollegin anrufen, ob sie heute Nacht bei dir bleiben kann, ich möchte nicht, dass du in deinem Zustand alleine bleibst", bedrängte sie Celina. „Mein Zustand! Mein Zustand! Glaubst du, ich spinne, ich reime mir was zusammen?", schrie Celina ihre Schwester heftig an.

„Nein, nein, um Gottes Willen, ich glaube dir jedes Wort, deswegen möchte ich ja nicht, dass du heute alleine bleibst. Meinst du, der Bruder deines Vermieters steckt dahinter?" „Ich weiß es nicht", kam es verzweifelt aus Celina heraus. „Du hast Recht, ich werde Kathi anrufen, die kommt sicher nach der Arbeit vorbei, sorry dass ich dich so angeschrien habe", entschuldigte sie sich bei Sabrina. „Kein Thema", kam sofort die Antwort. „Mach es aber gleich, je schneller sie bei dir ist, desto ruhiger bin ich. Tu mir aber den Gefallen, wenn sie keine Zeit hat, ruf mich noch mal an, egal wie spät es ist, versprochen?" „Versprochen" gab Celina völlig fertig zurück. Nachdem sie aufgelegt hatte, musste sie erst tief durchatmen, zu aufgewühlt war sie noch, so konnte sie Kathi nicht anrufen. Sie ging zum Fenster, zog die Vorhänge zu und ging ins Bad.

Sie ging gerade durch die offene Küchentür Richtung Bad, als jemand sie heftig am Arm zurückzog. Celina schrie gellend auf, wer war hier im Zimmer? Als sie sich ängstlich umdrehte, merkte sie, dass sich der Ärmel von ihrem T-Shirt an der Türklinke „eingefädelt" hatte, und sie deswegen beim Laufen zurückgezogen wurde.

Mein Gott, was bin ich nur für ein Angsthase geworden, diese Situation hatte sie schon öfter. Da sie nicht gerade groß war, hatten die Ärmel ihrer T-Shirts meist die Höhe von den Türklinken. Nur früher hatte es ihr nichts ausgemacht, aber in der jetzigen Situation war schon diese Tatsache ein Angriff auf ihre Psyche.

Sie machte sich vom Türgriff los und ging ins Bad, spritzte sich kaltes Wasser ins Gesicht. Ein Blick in den großen Spiegel zeigte ihr ein aufgewühltes, verletztes und ängstliches Gesicht. „Das muss ein Ende haben", sprach sie zu ihrem Spiegelbild und versuchte sich dabei Mut zu machen.

Im Wohnzimmer setzte sie sich wieder auf die Couch und rief Kathi an. Als ihr Blick auf das Foto fiel, stand sie noch mal auf und drehte das Bild um. Sie konnte es sich nicht ansehen ohne eine Gänsehaut zu bekommen.

Auch Kathi war schnell am Telefon. Sie hörte wie Celina mit etwas brüchiger Stimme fragte: „Hi Kathi, könntest du vielleicht nach der Arbeit bei mir vorbeikommen und eventuell auch heute bei mir übernachten, ich muss dir einiges erzählen!" Kathi war sofort dazu bereit. „Ich muss noch eine Stunde arbeiten, dann fahr ich kurz zu mir und pack was für die Nacht und morgen ein, ist das o.k.?" Celina bedankte sich ganz herzlich bei ihr. „Du hast was gut bei mir", versprach sie erleichtert.

Knapp zwei Stunden später saßen sie sich auf der Couch gegenüber, jede mit einem Glas Wein in Hand. Celina berichtete alles, was ihr bisher passiert und aufgefallen war, zum Schluss zeigte sie Kathi das Bild mit den ausgestochenen Augen. Kathi war entsetzt.

„Meinst du, Sören hat das gemacht, schließlich kennt er sich in der Wohnung aus und durchs Fenster hat er ja schon geschaut", fragte Celina ihre Freundin. „Das kann ich nicht glauben, das würde er niemals tun, er ist zwar ein bisschen einfältig, aber sehr lieb und wenn man ihn zum Freund hat, dann kann man sich hundertprozentig auf ihn verlassen. Nein, das ist sicher nicht Sörens Werk". Irgendwie hatte Celina gehofft, dass Kathi Torbens Bruder all dies zugetraut hätte. „Vielleicht ist das dein verflossener Liebhaber", folgerte Kathi und bestätigte unbewusst Celinas Gedankengang. „Ich mach mich mal kundig, was der Kerl so treibt, wenn er bei der Zeitung arbeitet, kann er es ja nicht sein, obwohl meine Schwester meinte, er hätte Urlaub genommen", überspielte Celina die ganze Situation, „schön, dass du heute bei mir bleibst. Ich hoffe nicht, dass du mich für eine überspannte, hysterische Frau hältst", versuchte sie alles ein wenig ins Lächerliche zu ziehen. „Auf keinen Fall, wie kommst du darauf, aber ich würde dennoch Torben davon erzählen, vielleicht kann er während deiner Abwesenheit ein Auge auf das Haus werfen. Du musst ihm ja nicht sagen, dass du seinen Bruder verdächtigst", griff Kathi das Gespräch noch einmal auf.

Nach dem dritten Glas Wein waren Beide dann so entspannt, dass sie ins Bad gingen, um sich abzuschminken und für die Nacht fertig zu machen. „Ui, das ist ja ein Riesenspiegel, der ist mir bei der Hausbesichtigung gar nicht aufgefallen", staunte Kathi. Sie drehte sich hin und her, „toll, ich kann mich ja fast ganz sehen, so was möchte ich auch", lachte sie. Fröhlich plaudernd gingen sie nach oben. Kathi schlief rechts im Zimmer neben der Treppe, Celina links. Sie bat darum, die Türen offen zu lassen, was Kathi gerne auch tat.

*

Eigentlich hätte Mike laut seiner Arztüberweisung ins Krankenhaus gehen müssen, aber er hatte absolut keine Lust dazu, er wollte so schnell wie möglich den Spiegel einbauen. Er blieb in dieser kleinen Pension bis ca. 10 Uhr, um auf die Post zu warten, die ihm den Spiegel bringen sollte. Tatsächlich wurde er fast pünktlich geliefert. Die Dame an der Rezeption, die dieses Paket entgegen genommen hatte, war über die Größe sehr verwundert, und auch über die Aufschrift „Vorsicht Glas". Sie rief über das Haustelefon Mike an, um ihm die Sendung anzukündigen. Er ging schnell nach unten, nahm das Paket in Empfang und bedankte sich bei der Dame, deren Name er schon wieder vergessen hatte. Nur mit ihrer Neugier hatte er keinesfalls gerechnet. „Na, das ist ja ein Riesenteil, und auch noch zerbrechlich, war wohl sehr teuer?" Mike ging nicht auf das Gespräch ein und nickte nur mit dem Kopf. Ja, teuer war der Spiegel schon, aber es sollte sich lohnen.

Heute nachmittag würde er mit Sören ein Loch in die Wand schlagen, mit seinem Schlüssel hineingehen, den alten Spiegel abhängen und den neuen aufhängen. So war sein Plan. Ihm war es allerdings nicht recht, dass Sören dabei war. Ihm würde es sicher nicht entgehen, dass man durch diesen Spiegel durchsehen konnte. Würde er den Mund halten können, wenn er diese Tatsache bemerkte?, das machte Mike ein wenig Sorgen. Er schleppte sein Paket zum Auto und hatte große Mühe es hineinzubekommen. „Dame Unbekannt" lief ihm noch nach und wollte helfen, aber Mike lehnte höflich aber bestimmt ihre Hilfe ab. Beleidigt machte sie sich wieder auf den Weg hinter den Tresen.

Mike hatte noch viel Zeit ehe er sich mit Sören traf. Er fuhr nach Oyle, in der Hoffnung ungesehen in Celinas Häuschen zu kommen. Er parkte nicht direkt vor dem Haus, um keine Aufmerksamkeit zu erregen. Vorsichtig schaute er sich um, es war keine Menschenseele um diese Zeit auf der Straße. Er klingelte an der Haustür, um zu sehen ob seine Freundin zu Hause war. Er nannte sie immer noch seine Freundin, obwohl im bewusst war, dass sie ihn verlassen hatte. Wenn sie öffnen würde, müsste er sich was überlegen, wenn nicht, konnte er ungehindert ins Haus gelangen. Er klingelte vorsichtshalber noch ein zweites Mal, aber es schien niemand da zu sein. Er schloss die Tür auf, und schloss sie sofort wieder hinter sich zu. Wie immer war alles aufgeräumt und sauber und, das musste er sich eingestehen, sehr gemütlich. Er ging in die Küche, öffnete den Kühlschrank und fand die Milchflaschen, die in der Kühlschranktür standen. Mike grinste, da könnte man doch sicher was manipulieren. Er nahm die angebrochene Flasche heraus, und füllte sie mit Wasser auf. Danach stellte er sie wieder in den Kühlschrank. Er stolzierte durch die Wohnung, als wenn sie ihm gehörte.

Von der Küche ging er ins Wohnzimmer und von dort in Richtung Bad. Das war sein Revier, hier würde er sein Werk vollenden. Er schaute sich den Spiegel an, der an vier großen Haken festgemacht war. Das war kein Hexenwerk, diesen auszutauschen. Nun kam ihm aber der Gedanke, mit diesem venezianischen Spiegel konnte er Celina nur im Bad beobachten, was sehr schade war. Aber wie wäre es, wenn man die Türen zwischen Wohnzimmer, Küche und dem Bad nicht mehr schließen könnte, besser noch, wenn die Türen ganz fehlen würden? Dann könnte man zumindest das Eck mit dem Sofa noch einsehen.

Kurzerhand hebelte er die Türen auf und ging damit zur Haustür. Vorsichtig lugte er nach allen Seiten, ob jemand kam und als das nicht der Fall war, schleppte er zuerst die eine dann die andere Tür in den Schuppen. Er lief zum Auto, holte sich ein Blatt Papier aus dem Handschuhfach und seinen Kugelschreiber aus seiner

Jackentasche und schrieb darauf:

„Liebe Frau Meisner, da sie nicht zuhause waren, musste ich leider in ihrer Abwesenheit ins Haus, um die Wohnzimmer- und die Küchentür mitzunehmen, die dringend einen neuen Anstrich bedürfen. In ein, zwei Tagen haben sie sie wieder, ich bitte diese Unannehmlichkeit zu entschuldigen. Mit freundlichen Grüßen Torben Klimke".

Diesen Zettel warf er in den Briefkasten. Mit sich hochzufrieden ging er zum Auto, um den großen Spiegel zu holen und ihn ebenfalls in den Schuppen zu stellen. So, jetzt kam es nur noch auf Sören an. Obwohl, das Werkzeug war ja eigentlich schon da, warum sollte er nicht schon anfangen.

Er ging nochmal in das Haus, und schraubte den Spiegel ab, schleppte ihn ebenfalls durch die Tür in den Schuppen, nicht ohne nochmals vorsichtig die prekäre Lage zu sondieren und die Gegend zu beobachten.

Nun musste er hurtig ein großes Loch in die Wand schlagen. Das ging besser als er dachte, „der Hammer war der Hammer", dachte Mike und grinste bei diesem Wortspiel. Immer nach 10 bis 12 Schlägen hörte er kurz auf, um nach draußen zu sehen.

Als Sören um die verabredete Zeit kam, war dieser arg enttäuscht, dass Mike schon ohne ihn angefangen hatte. „Ich brauche dich aber noch ganz dringend, wirklich", redete Mike auf den nörgelnden Sören ein. „Du musst mir helfen, den neuen Spiegel innen aufzuhängen, das schaffe ich nicht alleine". Das besänftigte den traurig dreinblickenden Sören. Das Loch war nun groß genug, jetzt kam der schwierigste Teil. Sie schleppten zusammen den Spiegel ins Haus, obwohl Mike ihn auch hätte alleine tragen können, aber er wollte Sören nicht verärgern. Drinnen im Bad mussten erst einmal Löcher gebohrt werden. Dazu holte Sören aus dem Schuppen den Bohrer, den er sich von seinem Bruder „geliehen" hatte. Danach hielt Sören den Spiegel so, dass Mike ihn mit den großen Haken und Schrauben, die er im Baumarkt gekauft hatte festschrauben konnte. Sören machte Mike auf den Bauschutt und den Schmutz aufmerksam, den dieser beim Bohren hinterlassen hatte.

„Du bist echt schlau", nickte Mike anerkennend zu Sören, „das wäre mir gar nicht aufgefallen, weißt du wo meine Cousine den Besen aufbewahrt?" Mike verdrehte die Augen. Natürlich musste alles wieder sauber gemacht werden. „Klar, weiß ich das, neben der Küche ist eine kleine Abstellkammer, da hat meine Oma immer das ganze Putzzeug verstaut, das wird deine Cousine sicher nicht anders machen. Mit diesen Worten ging er durch die Küche zur Kammer und tatsächlich, da standen Besen, Kehrschaufel und Eimer mit Putzlappen in der Ecke. Er nahm alles mit und begann den Boden aufzufegen und den Bauschutt in den mitgebrachten Eimer zu werfen. Als alles erledigt war, Mike sich den Spiegel ansah, überkam ihn mächtiger Stolz. Jetzt musste er Sören nur noch überzeugen, dass er ab jetzt nicht mehr in den Schuppen darf, sonst hätte er ihm erklären müssen, was das für ein Spiegel ist. „Sören, du weißt aber schon, dass du jetzt nicht mehr in den Schuppen darfst, die Überraschung, der Umbau vom

Bad, ist ja nun abgeschlossen, das gehört nun meiner Cousine, und dazu gehört halt auch dieser Schuppen, erklärte er ihm vorsichtig. Sören reagierte total perplex „wir sind doch noch gar nicht fertig, was ist denn mit dem Loch in der Wand, wieso hast du da überhaupt ein Loch geschlagen, und das Werkzeug, das muss ich doch wieder zurückbringen, ich weiß gar nicht was das soll?"

Darüber hatte Mike nicht nachgedacht. Wie sollte er diesem Tolpatsch das Loch in der Wand erklären, und wie bekam er das ganze Werkzeug wieder heraus, ohne dass ihm der Spiegel von der anderen Seite aufgefallen wäre? „Also gut, ich muss dir ein Geheimnis anvertrauen, aber du darfst niemandem etwas davon erzählen, versprochen?" redete er auf Sören ein. „Versprochen", lauschte Sören nun den Worten Mikes.

„Also, ich bin von der Polizei, und Frau Meisner ist auch nicht meine Cousine, aber ich muss sie beschatten, weil sie Böses getan hat und man ihr nichts beweisen konnte, deshalb bin ich nun in geheimer, sehr geheimer Mission hier und muss sie beobachten."

Sören war total verunsichert, auf der einen Seite fand er das furchtbar aufregend, aber andererseits konnte er sich nicht vorstellen, dass Frau Meisner irgendetwas Böses getan haben könnte. Mike zog Sören hinter sich her aus dem Haus, nachdem er den Staub in den Mülleimer geworfen hatte und den Bauschutteimer mit in den Schuppen nahm. „Schau", zeigte Mike Sören im Schuppen den Spiegel, „das ist jetzt meine Arbeit, und für dich viel zu gefährlich hier zu bleiben oder alleine in den Schuppen zu gehen, ich könnte dich vielleicht nicht genug beschützen, also bleib von nun an diesem Haus fern, sonst könnte es für dich gefährlich werden".

Sören war noch immer vollkommen verwirrt, aber er versprach Mike, das Haus zu meiden. „Und erzähl keinem Menschen, auch nicht deinem Bruder, dass ich hier als Geheimpolizist arbeite, weil das für mich sonst auch sehr gefährlich werden könnte", bedrängte ihn Mike. Sören war so verstört, dass er alles versprach, was ihm von Mike verlangt wurde. Ihm ist nicht einmal der Spiegel aufgefallen, durch den man das gesamte Bad und einen Teil des Wohnzimmers sehen konnte.

Mike bedankte sich noch einmal ganz herzlich bei Sören und versprach ihm, ihn bald mal wieder zu treffen, wenn der ganze Zirkus mit Frau Meisner vorbei wäre.

Still, enttäuscht und noch immer völlig verwirrt, nahm Sören die Werkzeuge in die Hand, schleifte sie durch den Garten zum Haus seines Bruders. Mike half ihm beim Tragen bis zu dessen Haustür. Dort verabschiedete er sich herzlich von Sören, schlug ihm freundschaftlich auf die Schulter und dankte ihm nochmals für die Hilfe. Sören hob nur kurz die Hand und verabschiedete sich wortlos mit nickendem Kopf. Als er im Haus verschwand, atmete Mike auf.

Das war ja mal einfach gewesen, niemals hätte er gedacht, dass er dieses große Kind so einfach loswerden würde. Er ging nochmals zum Schuppen und begutachtete sein Werk. Herrlich, er war so gespannt, wie es sein würde, seine Celina beobachten zu können, dieses Miststück, die es fertigbrachte, ihn zu verlassen, ihn, der doch alles für sie getan hatte. „Aber mein Schatz, du wirst mit Freuden in meine Arme zurückkehren, wenn du am Boden bist und alle Welt dich für verrückt erklärt und nur noch ich an dich glaube, dann, Celina, dann ist mein Werk vollendet."

Mike blieb noch eine ganze Weile in diesem Schuppen, dann überlegte er, es wäre besser einen Campingstuhl hineinzustellen, dann müsste er nicht immer stehen und hätte so auch etwas länger von seiner Observation. Vorsichtig öffnete er die Schuppentür, und lief zu seinem Auto. Er fuhr zurück nach Nienburg in den Baumarkt und kaufte sich einen kleinen aber bequemen Campingstuhl und lud ihn in seinen Wagen. Er hatte noch vier Tage Zeit, um seinen Wagen zurückzubringen und seinen Urlaub oder Krankmeldung verlängern zu müssen. Bis dahin musste sich was getan haben. Ihm war schon klar, dass die Zeit knapp war um Celina in den Wahnsinn zu treiben, aber er würde das schon schaffen. Er fuhr zurück in seine kleine Pension.

Die „Dame Unbekannt" reichte ihm wortlos seine Zimmerschlüssel, sie war wohl immer noch mit ihm beleidigt, aber das konnte und wollte er nicht ändern, dazu war sie nicht hübsch genug. Apropos hübsch. Er könnte sich ja mal wieder bei Sabrina melden, dieses Lügenluder, vielleicht hatte sie Neuigkeiten von Celina. Seine Ex musste wohl ihre Handynummer geändert haben, denn der Ruf ging jedenfalls bei der alten Nummer nicht ab. Er legte sich auf das Bett und nahm sein Handy aus der Hosentasche und wählte Sabrinas Nummer. Er ließ es zig Mal klingeln, aber dieses Aas ging nicht ran. Vermutlich hatte sie seine Nummer auf dem Display erkannt und ihn einfach ignoriert. „Aber na warte, auch du meine Liebe wirst dir noch wünschen, mich nicht so behandelt zu haben."

*

Kathi hatte Celina nach der Arbeit gefragt, ob sie nochmals bei ihr übernachten soll, und ob sie schon mit Torben geredet hatte. Beides musste Celina verneinen. „Mach dir keine Sorgen, mir geht es schon wieder ganz gut, wenn ich mal wieder Probleme habe, melde ich mich bei dir, und mit Torben rede ich am Wochenende, so nach der Arbeit hat er sicher auch keinen Kopf mir zuzuhören." „Klingt vernünftig, aber du weißt, du kannst immer bei mir anrufen, Tag und Nacht", machte Kathi ihrer Freundin den Vorschlag. Sie stiegen beide in ihre Autos und fuhren ein gutes Stück hintereinander, bis Kathi den Blinker setzte, Celina die Lichthupe zum Abschied einsetzte und zu ihrer Wohnung abbog.

Zuhause angekommen, ging Celina, wie immer seit sie hier wohnte, durch die Wohnung, konnte nichts Außergewöhnliches entdecken, atmete kurz durch und machte es sich im Wohnzimmer bequem.

Das verunstaltete Bild auf dem Wohnzimmerschrank hatte sie umgedreht, sie konnte den Anblick nicht ertragen, aber wegwerfen konnte sie es auch nicht. Tief in Gedanken versunken, ließ sie sich vom Fernsehprogramm berieseln, ohne darauf zu achten, was gerade lief. Sie holte sich ein Glas aus dem Schrank und holte aus ihrem Kühlschrank die eiskalte Milch, die sie abends gerne noch trank. Schon beim Einschenken kam ihr die Konsistenz und Farbe etwas merkwürdig vor. Sie schaute auf das Etikett, ob vielleicht das Verfallsdatum überschritten war, aber die Milch war noch mindestens 6 Tage gut. Celina probierte einen kleinen Schluck, dann spuckte sie ihn wieder im Spülbecken aus. Das schmeckte ja widerlich. Schnell trank sie einen Schluck Wasser hinterher und machte das Becken wieder sauber. Nachdem sie die restliche Milch entsorgt hatte, nahm sie eine neue Flasche aus dem Kühlschrank, probierte diese erst vorsichtig um sich das Glas danach voll einzuschenken. Heute Morgen war die Milch doch noch gut, ehe sie ins Büro fuhr hatte sie sich ein Müsli gemacht und ihr war nicht aufgefallen, dass etwas mit der Milch nicht in Ordnung gewesen wäre. Zum Glück hatte sie ja noch zwei Flaschen im Kühlschrank. Sie setzte sich wieder auf die Couch als ihr auffiel, dass die Türen zur Küche und zum Bad fehlten. Sie hatte sie fast immer auf, daher fiel ihr es jetzt erst auf, dass sie fehlten. Was war das denn nun schon wieder, war Torben Klimke hier in der Wohnung? Also nun musste sie dringend mal mit ihm reden.

Sie zog sich wieder an, um ihn gleich zur Rede zu stellen. Als sie die Haustür hinter sich zuzog, fiel ihr Blick auf ihren Briefkasten, eine Reklame lugte ein Stück heraus. Celina ging noch einmal ins Haus zurück, weil sie sich eben daran erinnert hatte, den Briefkasten noch nicht geleert zu haben. Aber wer sollte ihr jetzt schon schreiben, aber all den Reklamekram wollte sie entnehmen. Der Briefkastenschlüssel hing gleich neben der Tür am Schlüsselbrett. Als sie den Briefkasten öffnete, fielen ihr tausend Reklameblätter entgegen, und ganz dazwischen lag ein beschriftetes weißes Blatt Papier. Sie las die Zeilen, die wohl Herr Klimke ihr geschrieben hatte. Na gut, das war jedenfalls eine Erklärung und gleichzeitig eine Entschuldigung für das Eindringen und Entfernen der Türen. Trotzdem ärgerte sie sich, dass immer wieder jemand in ihr Häuschen kam. Sie musste sich was überlegen und sie wollte auch mit Torben Klimke darüber sprechen. Kein Wunder dass hier niemand einziehen wollte, die Gründe lagen sicher nicht hauptsächlich an der veralteten Heizung, die Gründe lagen sicher an der Verletzung der Privatsphäre.

Aber für heute hatte sie ja nun die Erklärung und wollte sich auch nicht weiter aufregen, das Gespräch konnte noch ein, zwei Tage warten.

Sie ging wieder in ihr Wohnzimmer, dass ihr ohne die Tür nicht mehr so heimelig vorkam. Sie hatte meistens die Tür auf, aber sie hätte sie zumachen können, jederzeit, das war der springende Punkt, über den sie sich schon ein wenig ärgerte.

„Was soll's", seufzte sie, „ich feuere jedenfalls meinen Boiler an und gehe duschen". Sie holte das Holz aus der Abstellkammer, das in einem viereckigen Holztrog lag und trug es in einem Korb ins Bad. Sie wollte Torben fragen, warum das Holz hier in der Abstellkammer lag und nicht im Schuppen, der ja kaum benutzt wurde.

Rachepläne

Die Flammen züngelten bereits um die Holzstücke, während Celina sich abschminkte. Irgendwie kam ihr der Spiegel anders vor. Hing der immer schon so leicht schief, oder fiel es ihr jetzt erst auf? Sie schüttelte den Kopf. „Ganz ruhig, ganz ruhig, alles ist ok", redete sie sich gut zu. Im Bad wurde es jetzt richtig wohlig warm und Celina freute sich auf eine lange warme Dusche. Sie zog sich aus, legte ihre Sachen fein säuberlich auf das kleine Schränkchen neben dem Waschbecken und zog hinter sich den Vorhang der Dusche zu. Genüsslich ließ sie sich von den warmen Wasserstrahlen beregnen. „Das tut gut" schnurrte sie wohlig.

*

Mike wollte heute nicht mehr nach Oyle fahren, es wäre um diese Zeit gefährlich gewesen, Celina oder sonst irgendjemanden zu treffen, der ihn hätte beobachten können. Also hieß es „ausharren und sich auf morgen freuen".
Er wollte aber nicht in der Pension bleiben. Er war es einfach nicht gewohnt alleine zu sein, er hatte immer weibliche Wesen um sich, aber hier, am Arsch der Welt gab es im Moment niemanden, an den er sich hätte ranmachen können. Kathi konnte er nicht anrufen, was hätte er ihr auch sagen können, „ich bin´s der Cousin von ihrer Kollegin, wollen sie mit mir einen Kaffee trinken gehen?" Er nahm sein Handy und rief Sabrina

an, vielleicht hat sie sich ausgesponnen und redete mit ihm. Mike ließ es zigmal klingeln, aber Sabrina nahm nicht ab. „Das alte blöde Luder, diese Granat-Schlampe, Zicke hoch zehn, die kann was erleben wenn ich sie treffe, und das werde ich, das schwöre ich, sie wird mich nie nie mehr vergessen", schrie Mike aufgebracht.

In der Kneipe, neben seiner Pension, bestellte er sich ein Bier. Die Bedienung war zwar überhaupt nicht sein Geschmack, aber besser als nichts. „Na, schöne Frau, wann haben sie heute denn Feierabend? Hätten sie Lust mir ein wenig Nienburg zu zeigen?" flötete er so gut es in seiner jetzigen Stimmung ging. „In einer Stunde mache ich Schluss, ich hole nur meinen kleinen Sohn von meiner Mutter ab, dann können wir gerne alle zusammen einen Bummel machen", grinste die Bedienung. „Oh, das geht aber nicht, Kinder gehören abends ins Bett, wir können ja ein anderes Mal etwas ausmachen", wehrte Mike erschrocken ab.

Der Wirt hinter der Theke konnte sich ein Lachen kaum verkneifen, als er diese Szene mitbekam. Das war typisch für seine Tochter, so ließ sie jeden Verehrer abblitzen. Obwohl er ihr von Herzen einen guten Freund bzw. Ehemann gewünscht hätte. Er wusste jedenfalls ganz genau, dass er noch kein Opa war.

Mikes Stimmung sank immer tiefer. Mürrisch trank er sein Bier aus, bezahlte und ging in seine Pension. Am Tresen stand die „Dame Unbekannt". Freundlich distanziert überreichte sie ihm den Zimmerschlüssel. Bei der hatte er es jedenfalls gehörig vermasselt. „Ist was?", fragte er „Dame Unbekannt", die ihn von oben bis unten musterte. „Wie lange wollen sie noch bleiben, sie haben noch keine genauen Angaben gemacht, wann sie abreisen wollen, ich benötige von ihnen eine Datumsaussage, damit ich eventuell das Zimmer weiter reservieren kann", erwiderte sie freundlich. „Na ein paar Tage werden es schon noch sein, die sie mich ertragen müssen", antwortete Mike aggressiv. „Dame unbekannt" ging auf diesen Ton nicht ein, sondern schob ihm wortlos die Anmeldung hin und forderte ihn auf das genaue Datum darauf zu vermerken. Mike schrieb sich noch für vier weitere Tage ein. „Zufrieden?", maulte er sie an.

„Danke, sie sind sehr freundlich, ich wünsche ihnen eine geruhsame Nacht", säuselte „Dame Unbekannt" zwischen den Zähnen durch.

Mike stieg die Treppen hinauf in sein Zimmer, stellte den Fernseher an, lauter als es erlaubt war, er war so auf Krawall gebürstet, dass ihm das Klopfen vom Zimmernachbarn so aufregte, dass er anfing laut zu singen und im Takt gegen diese Wand zu klopfen. Irgendwann gab er auf, stellte den Fernseher aus, legte sich ins Bett und dachte über Celina nach und was er morgen alles anstellen würde und vor allem sehen könnte. Celina, die tolle Frau, die blöde Sau, wegen der er sich so in Unkosten stürzen musste, am liebsten würde er sie würgen, bis ihre großen Augen noch größer werden würden, dann würde er sie in den Arm nehmen und küssen und umarmen, sie fehlte ihm so. „Celina", mit diesem Gedanken schlief er ein.

Als am nächsten Morgen Celina ins Büro kam, lief ihr Kathi schon fröhlich lachend entgegen. „Na meine Teuerste", sie nannte Celina oft so, „wie hast du geschlafen, war alles ruhig bei dir, hat sich nichts Neues ereignet?", sprudelte es aus ihr heraus. „Außer dass meine Küchen- und Wohnzimmertüren wegen Malerarbeiten fehlen, ist nichts Außergewöhnliches passiert.

„Wie, die Türen sind weg? Wer hat die denn geholt?", fragte Kathi verwundert.

„Torben, Torben Klimke, der Gentleman, hat während meiner Abwesenheit die Türen mitgenommen und mir eine schriftliche Nachricht im Briefkasten hinterlassen, die ich aber erst später gefunden habe. Der Ärger, dass wieder jemand in meiner Wohnung war, ist ja wohl verständlich oder?".

Kathi schüttelte den Kopf. „Das sieht Torben einfach nicht ähnlich, irgendwas läuft hier verkehrt." Celina musste nun lachen, ihr fiel ein Lied von der „Erste Allgemeine Verunsicherung, (EAV) ein, indem kamen genau diese Worte vor: *„Irgendwas läuft hier verkehrt, ich bin total ver-un-sich-hert"*. Sie wusste den Titel nicht mehr, fand ihn aber total lustig. Kathi hatte einen etwas anderen Humor, aber als Michael den Gang entlangkam und diesen Zeilen-Gesang hörte, schüttete er sich aus vor Lachen. „Klingt gut, muss ich mir merken", gluckste er und ging in sein Büro.

„Weißt du was, wir gehen am Wochenende, am besten am Sonntag, gemeinsam zu Torben, du erzählst ihm alles was dir bisher in der Wohnung passiert ist und bittest ihn, in Zukunft nicht mehr alleine in dein Dachhäuschen zu gehen", schlug Kathi vor. „Danke dass du mitkommst, ich wollte dich das gerade fragen", klang Celina erleichtert.

*

Mike machte sich am Spätnachmittag auf den Weg nach Oyle, er kaufte sich noch ein paar belegte Brötchen, zwei Flaschen Bier und freute sich auf einen aufregenden Abend. Er wollte nicht zu spät beim Dachhäuschen ankommen, weil er all die Sachen noch im Schuppen unterbringen musste und sein Auto weit weg von dieser Straße parken musste, damit niemand eine Verbindung zu Celina herstellen konnte. Der Schlüssel vom Schuppen hing wie immer an der Blumenampel. Er öffnete die Tür, schleppte alles hinein, schloss wieder ab, hängte den Schlüssel an die Ampel und ging zum Auto, um es wegzufahren. Da ging ihm etwas durch den Kopf. Der Schuppenschlüssel.

Es konnte jeder hineingehen. Sören würde das zwar aus Angst nicht mehr tun, aber wenn sein großer Bruder auf die Idee kam, das wäre fatal. Er lief zurück, nahm den Schlüssel an sich und schlenderte wie ein Spaziergänger, der die letzten Sonnenstrahlen nutzte, zum Auto. Er parkte weit außerhalb des Bezirks und lief durch den Wald zurück zum Dachhäuschen. Niemand sollte ihn sehen. Vorsichtig schaute er sich um, und erst als auch der letzte Fußgänger um die Ecke bog, und die Straße menschenleer war, wagte er sich hinter dem Baum hervor und spurtete zum Schuppen. Er schloss ihn auf und gleich gleich hinter sich wieder ab. So, das war geschafft. Jetzt musste er nur noch auf Celina warten. „Das wird ein Spaß", rieb er sich die Hände. Obwohl warten nicht zu seinen Höchstdisziplinen gehörte, blieb ihm nichts anderes übrig.

Er nahm sein Handy, stellte es auf lautlos und spielte „Quiz-Duell". Bei diesem Spiel gehörte er zu den besseren Spielern. Er hatte nicht auf die Uhr geschaut, aber plötzlich hörte er ein Geräusch, das aus der Wohnung kam. Er beendete sofort sein Handyspiel schaute auf die Uhr, die auf dem Display erschien. 17.30 Uhr, das konnte doch unmöglich Celina sein. Er rutschte mit seinem Campingstuhl näher an die Rückseite des Spiegels, um genaueren Einblick in die Wohnung zu haben. Tatsächlich, es war Celina. Mike wusste zwar, dass seine Ex Schichtdienst hatte, aber um diese Zeit hatte er absolut noch nicht mit ihr gerechnet. Na ihm sollte es egal sein, er war vorbereitet.

Im Moment konnte er sie nicht mehr sehen, nur hören, wie sie den Schlüssel weglegte, Jacke an die Garderobe hängte und die Schuhe ins Regal stellte und dabei summte, aber irgendwann musste sie ja in sein Gesichtsfeld treten. Gebannt starrte er in die Wohnung. Celina sah abgespannt aus, das konnte er sehen, als sie sich mit ihrem Glas Milch und einem Schälchen Müsli auf die Couch setzte. Da war sie, zum Greifen nah und doch so fern.

Völlig aufgewühlt beobachtete er jede ihrer Bewegungen. Je länger er sie so betrachtete wurde er immer wütender. Nur Zuschauen, das war nichts für ihn, es musste etwas geschehen. Schade dass er ihre neue

Handynummer nicht hatte, die müsste er noch herausbekommen, bei der Auskunft war sie nicht gemeldet.

Als Celina gegessen und getrunken hatte, ging sie ins Bad. Nun wurde es für Mike interessant, jetzt hatte er sie voll im Visier. Celina ging dicht an den Spiegel heran und schminkte sich ab. Dieser Moment, sie so dicht am Spiegel zu haben, überwältigte Mike stark und er näherte sich auf seiner Seite ihrem Gesicht. Er schloss die Augen und küsste den Spiegel, wo er Celinas Mund vermutete. Schwer atmend kehrte er zu seinem Stuhl zurück und bewunderte seine schöne Freundin. Sie gehörte ihm, nur ihm allein, er musste sie wiederhaben.

Celina zog sich aus und ging unter die Dusche. Ein kleiner Schrei entwich ihr, weil das Wasser sehr kalt war. Wieder einmal hatte sie vergessen den Boiler anzuzünden und ganz automatisch die Dusche aufgedreht. Hastig wusch sie sich, um schnell wieder ins Warme zu kommen. Sie öffnete den Duschvorhang um nach ihrem Badetuch zu greifen. Irgendwie war ihr unwohl, sie schaute sich um, öffnete die Schranktür, sie konnte ihre Unruhe nicht begreifen. Sie fühlte sich beobachtet. „Du spinnst ja", rief sie laut, blickte dabei in den Spiegel, um sich selbst zu beruhigen.

Mike hörte diese Worte, denn es trennte ihn ja nur ein dünner Spiegel vom angrenzenden Raum. Zuerst dachte er sie meinte ihn, wusste sie etwa dass er in der Nähe war, oder bedeutete ihr Blick in den Spiegel, dass sie bereits auf dem Weg war verrückt zu werden? Das würde ihm allerdings vieles erleichtern. Mike grinste und freute sich auf den restlichen Tag, was noch alles passieren würde.

Celina zog sich ihren Jogginganzug an, machte es sich auf der Couch wieder bequem und schaltete den Fernseher ein. Da fiel ihr ein, dass sie heute noch nicht mit Sabrina gesprochen hatte. Sie griff nach ihrem Handy, das auf dem Couchtisch lag und wählte Sabrinas Nummer.

Mike lauschte, aber die Entfernung vom Spiegel zur Couch war doch zu groß um etwas zu verstehen. Schade, dachte er. Wäre es vielleicht möglich eine kleine Abhöranlage zu installieren? Aber wie kam man an so was ran, ohne auffällig zu werden? Er musste sich in seiner Pension am Laptop schlau machen. Das wäre ein Ding, wenn er nicht nur sehen, sondern auch hören könnte. Als nächstes musste er sich überlegen wie er Celina schocken könnte, nur beobachten brachte ja nichts. Er lehnte sich in seinem Stuhl zurück und dachte über weitere Schritte nach. Bis Celina gegen 22.00 Uhr ins Bett ging ereignete sich nichts, was für Mike irgendwie relevant gewesen wäre. Nachdem alle Lichter gelöscht waren, schloss Mike leise die Schuppentür auf, lugte vorsichtig hinaus, schlüpfte schnell durch die Tür und schloss sie sofort hinter sich wieder zu. Sein Auto stand etwa 10 Minuten von hier an einem Waldstück. Es war kalt und er hatte vergessen sich eine Jacke mitzunehmen. Daran musste er morgen dringend denken, vielleicht sollte er auch eine Decke mitnehmen. Ein heftiger Niesanfall machte ihm deutlich, dass er sich schon jetzt eine Erkältung geholt hatte. Dieses dumme Luder, nicht genug dass sie Geld und Zeit kostete, nun wurde er auch wegen ihr noch krank. Das sollte sie ihm alles büßen, er war noch lange nicht fertig mit ihr.

Celina fiel in einen tiefen Schlaf und erst das Klingeln ihres Weckers machte sie wach. Morgen wollte ihre Schwester kommen. Sie freute sich schon sehr auf sie. Kathi hatte sicher Vorschläge, was sie miteinander unternehmen könnten. Ach ja, das Gespräch mit Torben stand ja noch aus. Egal, sie wollte es noch einmal um eine Woche verschieben, jetzt war nur ihre Schwester wichtig. Vielleicht waren bis nächste Woche auch die Türen wieder drin und bei Tag sah alles viel rosiger aus.

Mike war unterdessen auch nicht untätig. Er rief am nächsten Morgen bei der Zeitung an und verlangte Kathi. An den Nachnamen konnte er sich leider nicht erinnern. Trotzdem wurde er mit ihr verbunden, denn Kathi war ein seltener Name und fast alle kannten sie. „Nienburger Tagblatt, sie sprechen mit Kathi Wiesner, was kann ich für sie tun", ratterte Kathi ihren Spruch runter. „Mein Name ist Hoffmann, und habe eine wichtige Nachricht für Frau Celina Meisner, können sie mir bitte ihre Handynummer geben", nuschelte Mike mit verstellter Stimme. „Tut mir Leid, aber wir geben keine Privatnummern heraus, Frau Meisner ist heute ab 11 Uhr wieder hier, versuchen sie es doch dann noch einmal", erwiderte Kathi etwas ungehalten. „Es geht aber um eine wichtige, sehr wichtige Information über einen Umweltskandal, und da Frau Meisner früher bereits diesbezüglich uns unter die Arme gegriffen hat, möchte ich ihr diese Exklusiv-Nachricht nicht vorenthalten."

Kathi fühlte sich im Zwiespalt, sollte sie in so einem Fall die Nummer herausgeben oder nicht? „Hören sie, rufen sie doch bitte in fünf Minuten noch einmal an, ich werde versuchen Frau Meisner zu erreichen", antwortete Kathi.

„Sorry, aber ich bin auf dem Sprung und fahre mit meinem Jeep durch das gefährdete, *noch* dicht bewaldete Gebiet und habe sicher keinen Empfang mehr, ich wollte meiner Kampfgefährtin nur die Koordinaten durchgeben, dass sie mich finden kann", improvisierte Mike und war stolz auf seine spontanen Eingebungen.

Kathi hingegen war sich aber noch immer nicht ganz sicher, gab dann aber schließlich nach und nannte Mike die Nummer. Sie wollte mit Celina nachher, wenn sie im Büro war, darüber informieren. Mike bedankte sich höflich und verabschiedete sich mit den Worten: „Es gibt doch noch hilfsbereite Menschen, besten Dank."

So, das war geschafft. Die Handynummer hatte er nun von ihr, das erlaubte ihm einige Möglichkeiten, sie in den Wahnsinn zu treiben. Er rieb sich die Hände. Vorsorglich hatte er von der hiesigen Post aus angerufen, damit man seine Nummer nicht nachverfolgen konnte. „Mein Gott, bin ich schlau", dachte er und sein Ego wuchs und wuchs.

Kathi

Also wenn Celina erst um 11 Uhr im Büro sein musste, dann würde sie sicher lange arbeiten, überlegte er, kaufte sich eine Pizza, stieg ins Auto und fuhr nach Oyle. Um diese Zeit war die Gegend menschenleer, was ihm sehr gelegen kam. Mit seinem Nachschlüssel schloss er das Dachhäuschen auf und trat ein. „Was könnte ich machen, dass meine Kleine verrückt wird?" grinste er vor sich hin und blickte sich um. An der Garderobe hing ihre Lederjacke, die sie oft und gerne trug. Mike ging in die Küche und suchte im Küchenschrank nach einer Schere. Er fand sie gleich, was bei Celinas Ordnungswahn nicht schwer war. Damit schnitt er den rechten Ärmel auf und hängte die Jacke wieder so auf den Bügel, dass man diesen Schnitt nicht sofort entdecken würde. Er legte die Schere zurück in die Schublade und blickte sich weiter um.

Der Duschvorhang, der störte ihn, er konnte Celina dahinter nur schemenhaft erkennen. Wegnehmen konnte er ihn nicht, aber... der Vorhang hin mit Plastikschlaufen an der Vorhangschiene. Mike eilte nochmals in die Küche, nahm die Schere aus der Schublade und schnitt alle Schlaufen auf, und da sie aus Plastik waren, blieben sie noch an der Schiene hängen, aber wenn Celine daran zog, würde der Vorhang fallen, und er könnte sie genau betrachten.

Fürs Erste wollte er es dabei belassen, man sollte nichts übertreiben.

Kathi fing Celina gleich vor ihrem Büro ab und erzählte ihr von dem Anrufer. „Was soll ich sein, ein Kampfgefährte von irgendwelchen Umweltfuzzis? Das glaube ich ja jetzt nicht, und du hast dem Typ meine Nummer gegeben?" „Tut mir Leid, ich dachte ich würde dir einen Gefallen tun mit Exklusiv-Interviews und so", entschuldigte sie sich bei Celina.

„Schon gut, es hat sich niemand bei mir gemeldet, vielleicht was das ja nur ein Spinner", beruhigte sich Celina selbst. „Aber er wusste deinen Namen, du musst ihn von irgendwoher kennen", meinte Kathi, die sich in ihrer Haut nicht wohlfühlte. Nach allem was ihrer Freundin widerfahren ist, kam ihr dieser Anruf jetzt merkwürdig vor.

„Sag mal Teuerste, hast du einen Cousin", fragte sie vorsichtig. „Nein, wie kommst du denn darauf?" Unruhig druckste Kathi herum: „Vor ein paar Tagen wollte dein sogenannter Cousin deine Adresse haben, weil er dich mit seinem Besuch überraschen wollte, ich habe sie ihm gegeben, weil er so lieb war am Telefon und er klang so ehrlich."

„Mike, das war Mike, mein Gott, der weiß nun wo ich wohne und wahrscheinlich hat er jetzt auch meine Handynummer", kreischte Celina entsetzt.

„Das tut mir so Leid, Celina, wirklich, was kann ich für dich tun?" Michael, der mal wieder zufällig in Celinas Nähe zu tun hatte, bekam dieses Gespräch zwangsläufig mit. „Ich hätte da so eine Idee, ich werde die nächsten Tage und Nächte bei dir einziehen und dich beschützen sollte der Kerl handgreiflich werden", bot er sich völlig uneigennützig an. Jetzt mussten die beiden Frauen doch lachen. „Du bist süß, Michael, aber ich werde schon alleine damit fertig, meine Schwester kommt übers Wochenende, da bin ich eh nicht alleine, und was nächste Woche ist, muss ich mir noch überlegen", tätschelte Celina Michaels Wange. Der wurde sofort wieder rot, was die Frauen aber geflissentlich übersahen. Um 20.12 kam der Zug mit Sabrina an, und Celina wollte sie abholen. Dafür musste sie sich nun aber sputen, sonst könnte sie nicht rechtzeitig Schluss machen. Michael würde im Notfall zwar sicher einspringen, aber Celina wollte seine Freundschaft nicht überstrapazieren.

*

Torben werkelte in der Küche und versuchte sich an „Pinkel und Grünkohl". Eigentlich war das Sörens Leibgericht, der saß aber mit traurigen Augen und gesenktem Kopf am Küchentisch. Normalerweise kochten die Beiden zusammen, und es ging meist fröhlich zu, aber heute…

„Was ist los mit dir? Hast du Kummer? Ist was passiert das du mir sagen möchtest?" Torben sah bei diesen Worten über seine Schulter zu Sören und kochte dabei weiter. „Nein, nichts!" Sören klang traurig und verstummte. „Warst du wieder bei Oma und Opa drüben im Garten, wo jetzt Frau Meisner wohnt?" Diese Frage sollte ganz unverfänglich klingen, für Sören war das aber das Stichwort, um plötzlich mit einem Ruck aufzustehen, sodass der Stuhl umkippte. „Das geht dich nichts an, und halte dich von dieser Frau fern, die ist gefährlich". Sören spie diese Worte förmlich aus. Torben war wie vom Donner gerührt. „He, langsam, langsam, woher willst du wissen, dass Frau Meisner gefährlich ist", fragte Torben verblüfft und erschrocken über die Reaktion seines Bruders. „Ich weiß es halt, basta". Trotzig verschränkte Sören seine Arme, stellte den Stuhl wieder hin und setzte sich drauf. Torbens erster Gedanke war: „Sören ist eifersüchtig", weil er mehrfach erwähnte, dass Frau Meisner eine sehr sympathische Person sei. Ja, das war sie wirklich, und hübsch obendrein. Er musste lächeln, wenn er an sie dachte. Vielleicht sollte er sie mal nach Hause zum Grillen oder so einladen, dann konnte Sören sich auch an sie gewöhnen. Wollte er das denn? Sollte sich sein Bruder an diese Frau gewöhnen? Und warum? Kopfschüttelnd schnitt er den Kohl zurecht. Irgendetwas hatte seine Mieterin an sich, was sein Inneres erzittern ließ. „Blödsinn", mahnte er sich zur Vorsicht, er kannte sie ja noch gar nicht richtig, also erst mal den Ball flach halten.

Sören saß noch immer traurig oder war es bockig am Tisch und wartete auf das Essen, ohne seine Hilfe angeboten zu haben.

„Na den Tisch wirst du ja decken können", ermahnte ihn Torben. Widerwillig kam dieser dieser Aufforderung nach.

„Wollen wir morgen eine kleine Radtour machen, das Wetter soll schön werden und wir haben schon eine Ewigkeit nichts mehr miteinander unternommen", schlug Torben vor.

„Au ja", strahlte Sören, „mein Fahrrad steht noch in Omas Schuppen, das muss ich morgen noch holen", strahlte er. Plötzlich fiel ihm ein, dass er ja nicht in den Schuppen gehen durfte, wegen dem Geheimpolizisten. „Könnten wir nicht mit dem Auto fahren und irgendwo angeln und picknicken, mir tun die Beine so weh".

„Ah ja", erwiderte Torben, er glaubte seinem Bruder kein Wort, es musste irgendwas passiert sein, was ihn so verändert hatte. „Ok, gehen wir angeln wenn dir das lieber ist". Unterwegs würde er versuchen Sörens Probleme auf den Grund zu gehen. So ein Ausflug war ideal dafür geeignet.

Nach dem Essen räumten beide das Geschirr in den Geschirrspüler und es schien, als ob Sören sich wieder gefangen hätte. Auf dem Weg ins Wohnzimmer blickte Torben hinüber zum Haus seiner Großeltern. Dort war alles noch dunkel. Ob sie wohl schon schlief, oder war sie mit Freunden unterwegs? Dieser Gedanke gefiel Torben überhaupt nicht. Sein Entschluss stand fest, er würde seine Mieterin ganz unverfänglich zum Grillen einladen. Mal sehen was sich daraus entwickelte, Kathi könnte ja mitkommen – fürs erste Mal – dagegen konnte Frau Meisner ja nichts einwenden. Mit sich und der Welt zufrieden, setzte er sich zu Sören auf die Couch und schaute sich mit ihm eine Tiersendung an.

*

Pünktlich 20.12 Uhr stand Celina am Gleis, um Sabrina abzuholen. Aus dem vorletzten Waggon spran ein junges Mädchen heraus und wedelte freudig mit den Armen. Gott wie freute sich Celina ihre Schwester zu sehen. Alle Differenzen waren vergessen, sie lief ihr freudestrahlend entgegen, als ob sie sich Jahre nicht mehr gesehen hätten. Lachend und schnatternd liefen sie nebeneinander zum Ausgang. „Also, für ein Wochenende hast du ja eine Menge Gepäck mitgenommen", frotzelte Celina. „Das ist nicht alles von mir, ich habe noch einige Dinge gefunden, bei denen ich glaube, du könntest sie gebrauchen, wenn nicht, dann nehme ich sie halt wieder mit", beantwortete sie Celinas Kommentar.

Sie fuhren durch Nienburg und hielten bei einem kleinen Restaurant, wo sie zu Abend aßen. „Was ist das denn für eine Speisekarte, wer isst denn Hering mit Apfel und Kartoffeln? Und was bitte ist Pinkel?" „Tja, du bist im hohen Norden, aber lass dir sagen, alles schmeckt super, probier´s halt mal", lachte Celina über Sabrinas Gesichtsausdruck. Sabrina war aber nicht, noch nicht, so experimentierfreudig wie ihre Schwester und bestellte sich ein ganz normales Schnitzel mit Pommes. Da konnte man schließlich nicht viel falsch machen.

„Bin ja so gespannt auf dein Dachhäuschen, muss ja irre gemütlich sein", strahlte Sabrina. „Eigentlich ja, aber es sind so einige merkwürdige Dinge passiert, aber das habe ich dir ja bereits am Telefon erzählt. Das Schlimme ist nur, dass ich vermute, dass Mike meine Adresse und meine neue Handynummer hat". „Aber nicht von mir", wehrte Sabrina gleich ab. „Mike hat es mehrfach telefonisch bei mir probiert, aber ich kenne seine Nummer ja und bin erst gar nicht rangegangen."

Sabrina

„Nein, ich weiß, nicht von dir aber von Kathi meiner Freundin und Kollegin. Die meinte es nur gut, weil Mike, ich vermute es war Mike, sich als unser Cousin ausgegeben hatte und ein anderes Mal als Umweltfuzzi, mit dem ich einiges unternommen haben soll". „So ein Schwein, aber jetzt bin ich ja da, der soll nur kommen, ich habe meine Zahnstocher dabei". „Zahnstocher, spinnst du, was willst du denn damit?" „Na ihm ins Gesicht pieken wenn er mir zu Nahe kommt, was glaubst du, wie weh das tut. Entweder in die Nase oder in die Augen? Er wird es jedenfalls merken und von dir oder mir ablassen". Celina war wenig überzeugt über diese Art von *Waffe*. Das war typisch für Sabrina. Ideen hatte sie ja, auch wenn ziemlich unkonventionelle.

Es war schon dunkel, als sie ankamen. Celina kruschtelte in ihrer Tasche herum und suchte den Schlüssel. Endlich hatte sie ihn gefunden und schloss auf. Rechts der Tür war der Lichtschalter und mit einem „Tatatata" knipste sie die Lampe an, die den Flur hell erleuchtete. Sabrina war erschlagen. So schön hatte sie sich das Dachhäuschen nicht vorgestellt, obwohl sie ja erst den Flur sah. Celina öffnete die Tür zum Wohnzimmer mit einem weiteren „Tatatata" durchflutete ein warmer Lichtstrahl das ganze gemütliche Zimmer. Sabrina war total begeistert. „Tja, da hast du wahrlich einen Glücksgriff gelandet, es ist toll hier. Ah, und hier kommen dann später die Türen zur Küche und zum Bad rein", dabei zeigte sie auf die Türrahmen. „Komm, ich zeig dir nun unsere Schlafzimmer, die werden dir bestimmt auch gefallen". Celina stieg als erste die Treppe hinauf, dicht gefolgt von ihrer Schwester, die kaum den Mund vor Staunen schließen konnte. „Ui ist das schön, hier will ich schlafen, man kann ja vom Bett aus direkt in den Himmel sehen", schwärmte sie. „Das Zimmer habe ich tatsächlich für dich vorgesehen, aber von meinem Zimmer kannst du ebenso die Sterne sehen, die Zimmer sind gleich, nur seitenverkehrt."

Sabrina packte ihre Sachen aus und hängte die Sachen auf, die sehr schnell knitterten. Celina ging inzwischen ins Wohnzimmer, stellte zwei Weingläser auf den Tisch und was zum Knabbern und holte aus dem Kühlschrank eine Flasche Weißwein. Obwohl sie nicht alleine war, schaute sie auf die Milch, auf die Spüle, in die Schubladen und im Küchenschrank nach, ob sich irgendwas verändert hatte. Aber alles war ok, und sie glaubte im Moment sich alles eingebildet zu haben, was ihr bisher passiert war.

Sabrina kam die Treppe herunter, und strahlte. Sie freute sich auf ein Wochenende mit ihrer Schwester. In Leonberg hatten sie zwar nicht viel Kontakt, aber die Tatsache, dass man sich jederzeit besuchen könnte, war wohltuend und beruhigend. Sabrina wollte es sich noch nicht eingestehen, dass ihr ihre große Schwester doch sehr fehlte. Aber nun war sie da, ein ganzes langes Wochenende – toll.

*

Mike war verblüfft. Damit hatte er nicht gerechnet. Jetzt war die blöde Kuh von Schwester hier. Sie brachte seinen ganzen Plan durcheinander. „Wieso durcheinander", überlegte er. Eigentlich konnte er jetzt zwei Fliegen mit einer Klappe schlagen. „Ja genau, ich muss überlegen, überlegen…"
Die Beiden hatte die Weinflasche fast geleert, als Celina aufstand und den Boiler anheizte. „Du kannst als erstes duschen, ich weiß nicht wie lange das warme Wasser reicht", grinste sie. „Ich beeile mich, dass du auch noch in den Genuss des warmen Wassers kommst", versprach Sabrina. Sie ging ins Bad, schminkte sich ab und zog sich aus. Mit einem Ruck zog sie den Vorhang zur Seite.
Ein Schrei kam aus ihrer Kehle, denn der Vorhang lag ihr zu Füßen. „Sorry, das wollte ich nicht, ich habe gar nicht toll gezogen, und da fiel das Ding hier schon auf den Boden". Zerknirscht hob sie den Vorhang auf und legte ihn fein säuberlich zusammen auf das kleine Schränkchen, auf dem ihre Kleider schon lagen. „Macht nichts, ich kaufe morgen neue Schlaufen und fädel den Vorhand wieder auf, macht dir keinen Kopf, du darfst halt nicht so plantschen", lachte Celina, die sich nicht wunderte, dass Sabrina etwas kaputt gemacht hatte. So war sie, hektisch, schusselig, lieb.

Mike hatte das ganze beobachtet. Eigentlich sollte sich Celina ja über den Duschvorhang ärgern oder verwundern, nun hatte es dieses Flittchen geschafft, ihm seine Überraschung kaputt zu machen. „Na warte, auch du wirst noch dein blaues Wunder erleben". Während Sabrina duschte, rief er Celina an. Er hoffte, dass sie nicht so genau auf die Nummer sehen würde.

„Celina Meisner", meldete sie sich. „Hallo, wer ist denn da, melden sie sich". Als sie auflegen wollte hörte sie eine bekannte Stimme. Früher bekam sie Gänsehaut dabei, heute bekam sie Gänsehaut aus ganz anderen Gründen.

„Mike, was willst du", fragte sie forscher als ihr zumute war. „Du siehst toll aus in deinem grauen Jogginganzug und dem roten T-Shirt, das wollte ich dir nur sagen, gute Nacht mein Liebling, vergiss nicht morgen eine neue Flasche Wein zu kaufen, Sabrina trinkt gern und viel". Er legte auf, schaute in den Spiegel und sah noch, wie Celina sich völlig fertig auf die Couch setzte.

Sie schaute an sich herab. Grauer Jogginganzug, rotes T-Shirt, leere Weinflasche auf dem Tisch. Woher wusste er das?

„Sabrina", schrie sie. Sabrina sang aber so laut unter der Dusche, dass sie von alldem nichts mitbekam. Eingehüllt in einem großen Badetuch kam sie strahlend ins Wohnzimmer. Irritiert über Celinas Zustand setzte sie sich neben sie und schlang die Arme um ihre Schultern.

„Was ist los, habe ich was verpasst, du kannst jetzt duschen, es ist noch genügend Wasser da", plauderte Sabrina drauf los. „Er hat angerufen". Das war alles, was Celina hervorbrachte. „Wer hat angerufen? Mike? Was wollte dieser Arsch?" „Er sieht mich, er weiß dass du hier bist". Sabrina ging zum Fenster und schaute hinaus. Es war fast dunkel draußen, der Wind spielte in den Bäumen und die Zweige verdeckten immer wieder den vollen Mond. „Sieht schon ein wenig gespenstisch aus", gab Sabrina zu, „aber ich sehe niemanden". Damit zog sie die Vorhänge vor und setzte sich wieder zu ihrer Schwester. „Wie meinst du das, er sieht dich, er weiß alles", fragte sie verständnislos. „Er wusste dass ich einen grauen Jogginganzug anhabe und ein rotes T-Shirt trage, und er riet mir, morgen eine Flasche Wein zu kaufen, weil du gerne trinkst". „So ein Saftsack, so ein Triebtäter, obwohl, er kennt dich, er weiß dass du gerne abends im Jogginganzug auf der Couch sitzt, und das rote T-Shirt trägst du auch sehr oft, eigentlich immer zusammen mit den Joggingklamotten. Und das ich da bin, das wird er vielleicht von meinem Modeladen haben, die wissen, dass ich bei dir bin. Also beruhige dich, der will dich doch bloß verunsichern. Lass uns ins Bett gehen, du wirst sehen, morgen bei Tag sieht alles ganz anders aus". Sie zog ihre Schwester von der Couch hoch, die noch völlig lethargisch vor sich hinstarrte und schleifte sie die Treppe hoch. „Lass bitte die Tür offen", bettelte Celina, „ich kann sonst nicht schlafen. „Na klar, und wenn du heute Nacht aufwachst, darfst du mich ruhig wecken". Kaum hatte sie diese Worte gesagt, war sie auch schon eingeschlafen.

Celina lag noch lange wach. Ihr ging der Anruf nicht aus dem Sinn. War es Zufall, dass Mike erraten hatte was sie gerade trug, sie wusste es nicht, sie konnte nicht denken, alles im Kopf war durcheinander. Sie war froh, dass Sabrina hier war. Aber was war nächste Woche, wenn sie wieder allein war? Irgendwann fielen auch ihr die Augen zu und sie schlief ein. Wirre Träume geisterten durch ihren Kopf, aber sie wurde nicht wach. Am nächsten Morgen fühlte sie sich wie gerädert. Sie hörte wie unten in der Küche jemand Schränke auf- und zumachte, der Wasserhahn lief, Geschirr klapperte. Wer war wieder in ihrer Wohnung, völlig verzweifelt stieg sie aus dem Bett und schrie: „Wer ist da unten, was machen sie da?" „Ich bin´s der Werwolf und verspeise irre gewordene Weiber", rief jemand die Treppe hinauf. „Ach Sabrina, du bist es, ich habe ganz vergessen, dass du hier bist, sorry, ich habe so schlecht geschlafen und schlimm geträumt, dass ich nicht mehr an dich gedacht habe". Erleichtert kletterte sie die Treppen hinunter. Sabrina hatte schon alles für ein perfektes Frühstück hingerichtet. „Oh das ist lieb von dir, du verwöhnst mich ja", strahlte Celina. „Was machen wir heute?" Sabrina war mal wieder voller Tatendrang. Unsere Mutter sagte immer: „Die hat Hummeln im A...." Celina benutzte selten, eigentlich fast nie die vulgären Ausdrücke, da war ihre Schwester aus einem anderen Holz geschnitzt.

„Ich rufe nachher Kathi an, wenn du nichts dagegen hast, die kennt sich hier in der Gegend ja bestens aus, und die soll für uns Fremdenführer spielen, ist das ok für dich?" „Super, dann lerne ich deine Freundin auch gleich kennen". Celina holte ihr Handy aus dem Wohnzimmer und rief Kathi an. Ihre Freundin war begeistert und versprach vorbeizukommen um mit den Beiden einen Ausflug zu machen. Das Gespräch vom Abend vorher mit Mike wurde nicht erwähnt.

Der Spiegel

Der letzte Abend verlief in Mikes Augen sehr erfolgreich ab. Er konnte Celina auf der Couch beobachten, wie sie völlig entsetzt vor sich hinstarrte. Das war für ihn besser und schöner, als die nackte Sabrina unter der Dusche. So musste es weitergehen. Sabrina kam später an die Reihe, jetzt musste er da weitermachen, wo er aufgehört hatte. Celina war reif, reif für einen Zusammenbruch, reif um sich in seine Arme zu werfen, reif für ihn. Er hatte zwar nicht alles mitbekommen, aber dass sie heute alle zusammen einen Ausflug machen wollten, war Fakt. Also hieß es warten bis sie das Haus verlassen hatten.

*

Eine kleine fröhliche Gruppe verließ um die Mittagszeit das Haus und stiegen in Kathis Auto ein. Der Käfer war zwar nicht das komfortabelste Auto, aber mit so einem Oldtimer zu fahren, der auch noch das H für History auf dem Nummernschild hatte, war einfach Kult.

Mike verließ seinen Schuppen, nicht ohne gleich wieder abzuschließen, nahm den Hausschlüssel und öffnete die Tür. So, die Lederjacke hing noch immer an der gleichen Stelle, also hatte Celina den zerschnittenen Ärmel noch nicht bemerkt, gut so. Die Reaktion würde jetzt, nach seinem gestrigen Anruf sicher heftiger ausfallen, freute er sich inbrünstig.

Er schaute sich um, was könnte er verändern? Da vernahm er den lauten Motor des Käfers, der zurückkam.

Hastig rannte er die Treppen hinauf, denn es gab hier unten ja keine Tür mehr, hinter der er sich verstecken konnte. Er warf sich unter Celinas Bett, das etwas höher war als jenes von Sabrina und hoffte, dass ihn niemand entdeckte.

Celina ging zur Tür um aufzuschließen. Verwundert bemerkte sie, dass die Tür gar nicht verschlossen war. Hatte sie vergessen zuzuschließen? Wahrscheinlich, sie waren alle in so aufgekratzter Stimmung, dass sie sich nicht mehr erinnern konnte, ob sie abgeschlossen hatte. Sie griff ihre Lederjacke, legte sie über den Arm. Sie hatte nur eine leichte Bluse an, und sie wollte vorsichtshalber noch eine Jacke mitnehmen, falls es kälter werden würde.

Celina schaute in der Lederjackentasche nach, ob sie noch Tempos da drin hatte. Dabei fiel ihr der Jackenärmel vom Arm herunter. Sie blickte auf den Ärmel. Zuerst traute sie ihren Augen nicht, dann schrie sie aus Leibeskräften.

Sabrina und Kathi hörten diesen langen schrillen Schrei, eilten aus dem Auto und rannten zum Haus. Celina stand noch immer in der Tür und schrie. Sabrina schlug ihrer Schwester beherzt ins Gesicht, daraufhin verstummte sie und sah durch sie hindurch und wirkte völlig apathisch.

„Celina, was ist denn los?" fragte Kathi. Celina gab keine Antwort, sie blickte nur starr geradeaus. „Celina, Celina sag doch was", bettelte Sabrina. „Wir sind hier, dir kann nichts passieren, was ist los?" Endlich, nach gefühlten Stunden, flüsterte Celina: „Er war da, er hat meine Jacke zerstört". Sie zeigte dabei auf den aufgeschlitzten Ärmel. Kathi und Sabrina waren entsetzt. „Wie sollte er denn ins Haus kommen", versuchte Sabrina einen vernünftigen Gedanken zu fassen. „Nur du und Torben haben einen Schlüssel, sonst niemand", erklärte nun auch Kathi um Celina von dem absurden Gedanken zu befreien, Mike wäre in ihrer Wohnung gewesen. Celina beruhigte sich ganz langsam. Die Beiden hatten Recht, wie sollte Mike in die Wohnung kommen. Morgen, ach nein, morgen war ja Sonntag, aber am Montag würde sie sich ein Steckschloss im Baumarkt kaufen, dann hatte die liebe Seele endlich Ruh. Da sie nun wieder normal denken und Pläne machen konnte, floss eine Ruhe durch ihren Körper, der sich auf ihr Seelenleben übertrug. „O.k. lasst uns fahren, ich werde die Jacke eh nicht brauchen", trieb sie Kathi und Sabrina an. Sie schloss hinter sich ab. Damit sie es nicht vergessen konnte, sagte sie laut zu sich: „Ich habe das Haus wirklich abgeschlossen". Nun war sie sicher, dass es zu war.

Mike schwitzte unter dem Bett. Die Reaktion seiner Ex hatte ihm extrem gut gefallen. Er musste sich zusammennehmen, um unter dem Bett nicht laut zu lachen, nur die Situation war heikel gewesen. Gut dass sie ihn hier oben nicht gefunden hatten.

Als er nun das gemachte Bett sah, kam ihm eine tolle Idee. Er suchte einen Stift und ein Stück Papier. Da in Celinas Schlafzimmer ein kleiner Schreibtisch mit ihrem Laptop stand, fand er auch gleich alles. Er schrieb: „Celina, meine Liebe, ich war da, schade dass ich dich nicht angetroffen habe, träume von mir, ich komme wieder. M".

Diesen Zettel legte er unter die Bettdecke, ging hinunter ins Wohnzimmer und suchte weiter nach Möglichkeiten Celina zu strafen. Nein, der Zettel war keine gute Idee, dann wusste sie ja dass er hier war und konnte Maßnahmen ergreifen, z. B. ihn anzuzeigen.

Er rannte nochmals hinauf, nahm den Zettel und steckte ihn in seine Hosentasche. Aber er würde sich auf das Bett setzen. Dann sah sie, dass jemand auf ihrem Bett gesessen hatte. Das würde genügen um sie wieder zum Schreien zu bringen. „Mein Gott, was hatte ihr Gekreische für eine Frequenz, scheußlich, hysterisches Weibergeschrei", aber so wollte er es ja.

Zufrieden ging er wieder nach unten. Das sollte für heute erst mal genügen. Schade dass er die Reaktion im Schlafzimmer nicht beobachten konnte. Er schloss auf, lugte vorsichtig nach allen Seiten, schloss wieder zu. Die Weiber würden nicht so bald zurückkehren, also brauchte er nicht jetzt schon in den Schuppen gehen. Er würde in Nienburg was essen, vielleicht jemanden treffen, der mit ihm Kaffee trinken wollte, und später seinen Spähposten beziehen.

*

Die Unbeschwertheit und ansteckende Fröhlichkeit von Kathi und Sabrina taten ihr wohl. Langsam kehrte ihre Gelassenheit zurück. Der Tag verlief so harmonisch, dass sie gar nicht auf die Uhr sahen und mit

Erstaunen feststellten, dass es fast 20 Uhr war und es bereits dunkelte. „Lass uns in Nienburg noch einen Absacker zu uns nehmen, bevor wir nach Hause gehen", schlug Kathi vor. Der Vorschlag wurde begeistert aufgenommen.

Müde und total aufgekratzt fuhren sie später nach Hause. Kathi hatte als „Absacker" einen Johannisbeersaft getrunken. Celina und ihre Schwester lachten Kathi übermütig aus, obwohl sie sehr froh waren, dass ihre Freundin so vernünftig war.

Vor dem Dachhäuschen verabschiedeten sie sich von Kathi und bedankten sich herzlich bei ihr für diesen wunderschönen Tag. „Keine Ursache, hat mit sehr großen Spaß gemacht mit euch, jederzeit wieder". Sie winkte aus ihrem Käfer und fuhr davon.

Celina schloss auf und seufzte. „Warum seufzt du denn", fragte Sabrina irritiert. „Na weil abgeschlossen war", lachte Celina. Sabrina war nun klar, ihre Schwester hatte einen Schuss, aber jetzt nur nichts sagen, sie nicht darauf ansprechen, einfach reingehen und schlafen, morgen würde sie sich mit ihr darüber unterhalten.

Beide waren zu müde zum Duschen, Celina hatte keine Lust den Boiler anzuheizen. Beide standen nun am Spiegel und schminkten sich ab.

Das war der Moment, den Mike so liebte. Das geliebte Gesicht seiner Freundin so nah zu haben, das von Sabrina blendete er einfach aus. Er ging ganz dicht an den Spiegel und küsste seine Celina.

Celina wich in diesem Augenblick zurück und schaute direkt in seine Augen. Das beunruhigte Mike sehr.

Es war unmöglich, dass sie ihn sehen konnte, aber sie schaute ihm tatsächlich direkt in seine Augen. Mike ging zurück zu seinem Campingstuhl und überlegte.

Sabrina hatte die Reaktion ihrer Schwester wohl bemerkt und fragte: „Was ist los, hast du graue Haare an dir entdeckt oder neue Falten?", witzelte sie. „Du kannst mich für verrückt halten, aber ich fühle mich bei diesem Spiegel immer beobachtet".

„Klar, der ist ja auch groß, und du schaust dich an, also beobachtest du dich, logisch oder? Aber so schön bist du nun auch wieder nicht, dass du permanent hineinschauen musst." Sabrina hatte schon manchmal eine herzerfrischende Logik um nicht zu sagen einen etwas herben Charme.

Sabrina hob die Hand, um Celina abzuklatschen und ihre Schwester tat ihr den Gefallen mit einem grinsenden Gesicht. Lachend und quatschend gingen sie nach oben.

Sabrina lag bereits im Bett, als ein Schrei sie aufschreckte. „Oh nicht schon wieder", entfuhr es ihr. „Was ist los Schwesterherz?" „Hier hat jemand auf meinem Bett gesessen. Schau." Sie zeigte auf die eingedrückte Stelle ihres Oberbettes. „Vermutlich habe ich mich draufgesetzt, ich weiß es nicht mehr, aber das ist kein Grund die Gegend zusammenzuschreien, leg dich hin und schlaf".

Entnervt legte sich Sabrina ins Bett, zog die Bettdecke hoch und schlief fast augenblicklich ein. „Ich bin hysterisch, ich werde verrückt, ich hab meine Nerven nicht mehr im Griff", wie ein Mantra wiederholte Celina diese Worte. Sie lief durch ihr Zimmer, ging nochmals nach unten, zog die Vorhänge vor, versicherte sich nochmals dass sie abgeschlossen hatte, ging ins Bad und schaute in den Spiegel. „Ich bin nicht verrückt, niemand schafft es mich fertig zu machen, *niemand, hörst du, n i e m a n d"*, schrie sie den Spiegel an. Es war ihr egal, ob ihre Schwester davon wach werden würde, sie musste sich einfach Mut machen, sich selbst bestätigen.

Mike, der immer noch im Schuppen saß, hörte diese Worte. Es verunsicherte ihn aufs Neueste. Wusste Celina, dass er hier war und wenn ja, warum versuchte sie nicht in den Schuppen zu kommen. Ihr Benehmen befremdete ihn aufs Höchste.
Er musste bald schärfere Geschütze auffahren, sonst flog er vorher auf.

*

Kathi rief am frühen Morgen Celina an. „Hast du Lust heute mit zum Baden zu gehen, ich würde euch um 13 Uhr abholen und ca. 17 Uhr wieder heimbringen, ich weiß ja, dass Sabrina wieder fahren muss, Michael kommt auch mit". Celina mochte Michael, aber sie hatte keine Lust heute mit ihm zusammenzutreffen. Sie hatte keine Erklärung dafür, vielleicht hing das mit dem Telefonat von Mike zusammen. Erst wenn alles geregelt war, könnte sie sich vorstellen mit Michael was Privates zu unternehmen. „Ich kann leider nicht schwimmen, das heißt nicht gut, und euch beim Plantschen zuschauen, würde mir auch keinen großen Spaß machen, aber könntest du Sabrina mitnehmen, die badet gerne, in jeder Pfütze, der macht das Spaß, ich werde bei eurer Rückkehr ein Abendessen zaubern, dass euch Hören und Sehen vergeht", versprach Celina.

„Du und kochen? Da habe ich von Sabrina aber ganz andere Sachen gehört, aber klar, ich hole sie ab, also bis später", lachte sie.

„Sabrina", rief Celina, „pack deine Badesachen, Kathi holt dich gleich ab zum Schwimmen". „Und du? Gehst du nicht mit?" Eigentlich wusste Sabrina die Antwort, seit dem Vorfall beim Segeln mit Mike, war das restliche Schwimmgefühl völlig weg. „Ich mach uns was Tolles zum Essen, damit du nicht hungrig in den Zug steigen musst", versprach Celina.

„Pünktlich wie die Maurer", kommentierte Celina das Hupen vor dem Haus. Michael saß bereits im Auto, er war sehr enttäuscht, dass Celina nicht mitkam. „Vielleicht ein andermal", wünschte er es sich. Kathi stellte Sabrina Michael vor. Die Beiden sahen sich an, keiner sagte ein Wort, sie starrten sich nur an, bis Michael den Rücksitz vorschob, um Sabrina Platz zum Einsteigen zu schaffen. „Erde an Michael, wir fahren", lachte Celina. Sabrina war das völlig peinlich. So hatte sie noch nie jemand angeschaut. „Gott ist der süß", dachte sie, „warum hat Celina nie von ihm erzählt", fragte sie sich im Stillen.

*

Finale

Celina war nun allein im Haus, als erstes wollte sie sich um den Duschvorhang kümmern. Sie hatte zwar vergessen neue Schlaufen zu kaufen, aber vielleicht konnte sie noch einige retten und sie provisorisch einfädeln. Sie setzte sich auf den kleinen Hocker im Bad, nahm den Vorhang auf den Schoß und nahm sich Schlaufe für Schlaufe vor. Merkwürdig, jede dieser Plastikschlaufen waren kaputt, aber nicht an der Stelle, an der man sie zusammenklemmte, sondern an freien Stellen. „Sonderbar, ich muss wohl alle austauschen, aber warum sind sie an diesen Stellen kaputt? Und das auf einmal?"

Plötzlich hörte sie eine Stimme: *„Celina"*. Diese Stimme klang als käme sie von weit her, so leise und sanft. *„Celina"*.

Sie hielt sich die Ohren zu. „Nein, ich kann nichts hören, da ist nichts", versuchte sie sich selbst zu beruhigen. Sie nahm die Hände wieder von den Ohren, drehte sich um und suchte nach der Stimme. Sie hatte ein Problem, immer wenn sie Geräusche hörte, konnte sie nicht orten woher sie kamen. Darüber musste ihre Schwester oftmals herzlich lachen. Aber im Moment war dieser Umstand nur schrecklich.

„Celina, du siehst gut aus in deinem blauen Sommerkleid".

„Ich werd verrückt", schrie sie auf „ich bin verrückt", weinte sie.

„Nicht weinen Celina, ich bin da, ganz nah".

Sie schrie auf, „aufhören, aufhören, hau ab du Bastard".

„Was für harte Worte du für mich hast", kam aus weiter Ferne die Antwort.

Celina stand von ihrem Hocker auf. Sie musste nachdenken, logisch denken, wenn jemand sie hören und sehen konnte, dann mussten irgendwo Wanzen versteckt sein.

In ihrer Wut und Verzweiflung nahm sie den Hocker und schleuderte ihn mit voller Wucht gegen den Spiegel. Der zerbrach in tausend Teile.

Sie blickte in ein ihr bekanntes geschocktes Gesicht. Es war Mike. War das jetzt eine Halluzination, sah sie Gespenster, war das Wirklichkeit?

Mike hatte sich zuerst wieder im Griff. Er war durch diesen Hockerwurf total überrascht worden, und auch dass der Spiegel kaputt gegangen war. „Celina, du träumst? Lass dich umarmen, ich bin bei dir und kann dir helfen".

Mit diesen Worten trat er durch das Loch zu ihr ins Bad. Zum Glück hatte er gutes Schuhwerk an damit ihm die Scherben nichts anhaben konnten.

Celina stand stocksteif da, sie konnte sich nicht bewegen, sie konnte nichts sagen, sie starrte ihn nur an.

Mike nahm ihre Hand, stellte den Hocker wieder auf, setzte seine Geliebte drauf, zog seinen Gürtel aus der Hose, legte ihn um Celinas Hals und drückte zu. Nicht zu stark, er wollte schließlich noch was von ihr haben. Das Ende des Gürtels band er um das Rohr, an dem der Boiler befestigt war. Celina ließ das alles geschehen, sie war in ihrem Schockzustand nicht fähig sich zu wehren. Noch immer bemühte sie sich, das alles zu verstehen, kam aber mit ihren Gedanken nicht weit. Wo war sie? War Herr Richling böse auf sie, ach nein, sie arbeitete ja nicht mehr dort. Wie hieß ihre Freundin? War Sabrina hier? Sie bekam nichts auf die Reihe.

Mike beobachtete sie sehr genau. Er sprach zu ihr wie zu einem Kind: „Du warst sehr böse Celina, du hast mich verlassen, obwohl ich dich so liebe, das macht man nicht. Wir fahren zusammen nach Hause und du bleibst bei mir, für immer."

Etwas machte bei ihr „klick" als sie Mikes Worte hörte. Sie wollte vom Hocker aufstehen, da zog sich der Gürtel, der am Rohr befestigt war noch fester zu. Mit der Hand wollte sie sich Linderung verschaffen, aber Mike hatte das vorhergesehen, nahm ihre Hände und schaute sie an. „Du hast wunderschöne Hände, schade dass das nicht so bleiben wird, aber ich werde dir immer helfen wenn du etwas brauchst". Er nahm mit einer Hand eine große Scherbe vom zerbrochenen Spiegel auf. Celina versuchte nun mit der freigewordenen Hand den Gürtel etwas zu lockern. Aber Mike war schneller, mit mehreren kräftigen Schnitten fuhr er mit der Scherbe über Celinas Hände. Sie schrie vor Schmerz auf. Mike nahm sie in den Arm und wiegte sie zärtlich hin und her, wie ein Kind, das getröstet werden muss. Die Hände bluteten und sie konnte die Finger nicht mehr bewegen.

„Willst du meine Frau werden?", fragte Mike und kniete vor ihr.

„Nie und nimmer du Bastard", schrie Celina auf. „Dann muss ich leider den Gürtel enger schnallen". Mike lachte über diesen Spruch, der ja eigentlich etwas anderes bedeutete, wie ein kleines Kind. Langsam kam Celina wieder zu sich und war sich ihrer aussichtslosen Lage wohl bewusst. Mike war total verrückt, nicht sie, Mike war es, Mike, Mike, Mike.

Wie konnte sie ihn aufhalten. Sie erhaschte einen Blick auf seine Uhr, es war erst 13.42 Uhr. Es dauerte also noch lange, bis Kathi und Celina zurückkamen. „Rede mit ihm, versprich ihm das Blaue vom Himmel, dann lässt er dich vielleicht gehen", überlegte sie fieberhaft.

Mike ist ihr Blick auf seine Uhr nicht entgangen. „Wir haben viel Zeit um uns wieder zu versöhnen. Es liegt an dir". „Du hast Recht, ich bin Schuld, ich hätte dich nicht verlassen dürfen", krächzte sie, denn der Gürtel schnitt ihr schmerzlich gegen ihren Kehlkopf.

„Du falsches Luder, glaubst du im Ernst ich nehme dir jetzt diese Lüge ab? Du hast mich vor wenigen Sekunden Bastard genannt, und jetzt kommst du angekrochen? Nein, ich glaube dir kein Wort". Er nahm den Gürtel und schnürte ihn noch einmal ein Stückchen enger. „Was soll ich tun, was willst du von mir?", flüsterte sie.

„Tja, so genau weiß ich das auch noch nicht. Ich werde auf deine liebe Schwester mit dir hier warten, dann könnt ihr euch zusehen, wie ihr nach Luft schnappt. Es liegt an mir, *nur* an mir euch zu befreien, ich weiß nur noch nicht wann", grinste er.

Mike war total durchgeknallt. War er schon immer so? Er konnte doch so nett sein, was ging in ihm vor, was hatte ihn so verändert. Sie musste dahinterkommen, sie musste mit ihm reden, solange bis Sabrina, Kathi und Michael kamen. Das hatte er wohl nicht mitbekommen, dass sie alle zum Abendessen eingeladen hatte.

*

Kathi, Sabrina und Michael kamen am Badesee an und suchten sich ein schönes Fleckchen, wo sie ihr Badetuch auslegen konnten. Michael war von Celinas Schwester hin- und hergerissen. Konnte das sein, dass er zuerst von Celina und nun von ihrer Schwester begeistert war? Nannte man das „Notgeil", nein, Celina war ernsthafter irgendwie seriöser, Sabrina dagegen war ein Irrwisch, lieb und voller Temperament.

Er musste sich eingestehen, es war Liebe auf den ersten Blick. Und er hatte das Gefühl, er war ihr auch nicht gleichgültig.

Kathi fragte Sabrina gerade, wie es Celina denn ging, sie hätte den Eindruck, dass sie irgendwas beschäftigte. Sabrina erzählte ihr von all den Vorkommnissen und dass Celina ihrer Meinung nach etwas verspannt war, das Wort hysterisch wollte sie nicht in den Mund nehmen, aber Kathi hatte es auch so verstanden.

Sie lag auf ihrem Badetuch und dachte über all die Dinge nach, die Sabrina ihr eben erzählt hatte. Ihr entging auch nicht, wie Michael und Sabrina sich anhimmelten, sich gegenseitig die Sonnencreme auf den

Körpern verteilte, sich ansahen etc. „Ich gönn es den Beiden, sie haben sich verdient. „Habt ihr was dagegen, wenn ich euch eine Weile alleine lasse, ich möchte nochmal zu Celina fahren, mir ist nicht wohl, dass sie heute alleine ist?"

„Nein gar nicht, fahr nur und hol uns wieder hier ab", sagte Michael all zu eifrig. Er bemerkte jetzt erst, wie freudig er darüber war, mit Sabrina alleine zu sein. Kathi lächelte Beide verständnisvoll an und ging zu ihrem Käfer.

Auf der ganzen Fahrt ging ihr Celina nicht aus dem Kopf. Sie hatte ein sonderbares Gefühl im Bauch. „Jetzt fängst du auch schon an zu spinnen", rief sie sich zur Ordnung.

*

Mike kletterte durch das Loch und dem kaputten Spiegel in den Schuppen und holte sich seinen Campingstuhl. Celina versuchte indessen mit ihren blutigen Fingern zwischen Gürtel und ihrem Hals zu kommen. Vergeblich. Mike kam zurück und lachte über sie.

„Du gibst wohl nie auf was? Aber merk dir eins, wenn du vernünftig geworden bist, überlege ich mir, was ich mit dir mache."

Ja was würde Mike mit ihr machen, sie befreien und sie zur Frau nehmen, wie sollte das gehen. Er hatte sie bedroht, ihr nach dem Leben getrachtet, er konnte sie nicht einfach mitnehmen, hatte er sich das denn nicht überlegt? Ihm blieb doch nur die Rache, indem er sie tötete. Dieser Gedanke beruhigte sie keineswegs und sie überlegte, wie sie Mike überlisten konnte, ehe er den Gürtel noch enger zog.

Sie hörte ein Geräusch, es war ein Auto. Durch den engen Gürtel am Hals rauschte es in ihren Ohren und sie konnte nicht sicher sagen, ob es ein Auto war oder nicht. Auch Mike hatte es gehört, er ging ins Wohnzimmer ans Fenster. Er konnte seine Freundin gut alleine lassen, sie konnte mit ihren blutigen Fingern nichts ausrichten. Er spähte durch den Vorhang. Ihm stockte der Atem. Celinas Freundin mit ihrem Käfer.

Was wollte sie denn hier, waren sie nicht alle beim Baden? Er spurtete zurück ins Bad, nahm aus seiner Hose eine Packung Tempotaschentücher, die stopfte er Celina in den Mund, damit sie keinen Laut von sich geben konnte.

Kathi klingelte an der Haustür. Celina riss die Augen auf, jetzt wusste sie warum Mike ihr die Taschentücher in den Mund gestopft hatte, es war Kathi, es war der Motor ihres Käfers. Sie versuchte zu schreien, aber es kam nur ein leises Gurgeln aus dem Mund. Tränen liefen ihr über die Wange. Ihre letzte Chance war vertan. Ihr ganzes Leben zog nun sekundenschnell an ihr vorbei, war das so wenn man starb? Dachte man an all die Menschen, die einem im Laufe des Lebens begegnet waren? Kam nicht irgendwann ein helles Licht? Wo war das? Hatte sie es vielleicht nicht verdient? Oder war es noch nicht an der Zeit zu sterben?

„Reiß dich zusammen", hörte sie ihre Mutter sagen, ein Spruch, den sie immer sagte, wenn Celina Probleme nicht gleich lösen konnte und sich in ihrer Ungeduld verlor.

Es klingelte wieder. „Celina, ich bin's Kathi, mach bitte auf!" Als nichts geschah, machte Kathi kehrt. Mike beobachtete, wie sie zurück zum Auto ging und war sichtlich erleichtert. Er kehrte zu Celina zurück, nahm ihr den Knebel aus dem Mund und fragte sie freundlich: „Na, geht's dir besser? Schade, deine Freundin ist wieder gegangen, scheint ihr egal zu sein was du machst". Mike fand sich ungeheuer witzig, er lachte wie ein kleines Kind. „So, nun zu uns, was kannst du mir für ein Angebot machen, damit wir zusammen hier weggehen können?"

„Du kannst mich gar nicht gehen lassen, weil du schon zu weit gegangen bist, als dass es ohne Konsequenzen für dich abgehen könnte." Wieso hatte sie das gesagt, wieso musste sie ihn in ihrer Situation noch so reizen? Der Stolz, ihr Stolz war es, der jegliche Vernunft außer Acht ließ. Mike überlegte. „Du hast Recht, ich kann dich nicht gehen lassen, aber ich habe mir noch ein bisschen Zeit mit dir verdient. Nicht umsonst hast du mich verlassen, das zahle ich dir noch tausendfach heim." „Mike, wir hatten doch auch schöne Zeiten, lass dir helfen, du bist krank, du hast dich verändert, komm zu dir". Es strengte Celina sehr an, mit dem Gürtel am Hals so lange zu sprechen, aber sie sah darin nur diese eine Möglichkeit, so unbeschadet wie möglich aus dieser Situation herauszukommen. Sie hoffte ganz stark, dass Kathi bald zurückkehren würde.

Kathi ging zu ihrem Auto zurück. Sie hatte immer noch ein merkwürdiges Gefühl. Entweder sie hatte sich getäuscht, als sie am Fenster einen Schatten sah, oder Celina wollte ihr nicht öffnen. Aber das konnte sie sich beileibe nicht vorstellen. Zurückfahren, das wollte sie nicht. Kathi machte kehrt und ging in Richtung Torbens Haus. Sie musste dringend mit ihm sprechen.

Gerade als sie klingeln wollte, kam er mit Sören und zwei Angelrouten zur Tür heraus.

„Wolltest du zu mir?" fragte er erstaunt. „Ja, ich habe ein Problem, hättest du ein paar Minuten Zeit für mich?" Torben sah zu Sören. Er hatte sich so auf ein gemeinsames Angeln gefreut, aber seine Neugier war noch stärker. Er wollte wissen was diese Kathi von seinem Bruder wollte. „Geht klar, fahren wir halt später weg". Torben stellte die Angelrouten in den Hausgang und ging voraus ins Wohnzimmer. Sören trabte hinter ihnen drein, er wollte sie keinen Augenblick alleine lassen, er könnte ja was versäumen.

Kathi wusste zuerst nicht wie sie anfangen sollte und druckste ein bisschen herum. „Na los, raus mit der Sprache, ich kenne dich ja gar nicht so schüchtern", ermunterte Torben sie. Kathi redete nun alles von der Seele, alles was sie von Celina erfahren hatte und welche Probleme sie hatte. „Warum bist du ohne sie ins Haus gegangen und hast die Türen mitgenommen?", schloss sie ihren Bericht.

„Was habe ich? Ich schwöre dir, ich war seit der Schlüsselübergabe nicht einmal mehr in der Nähe des Hauses, geschweige drin, wer behauptet denn so was?

Sören, warst du im Schuppen oder im Haus?" Sören rutschte verlegen auf seinem Stuhl hin und her, gab aber keine Antwort. Torben wurde wütend: „Sag was, warst du im Haus oder im Schuppen ohne mein Wissen?" „Ja, aber nur weil der Mann von der Geheimpolizei es von mir verlangte, der war echt nett zu mir, ich durfte ihm helfen das Bad zu renovieren, ich hab dein Werkzeug aber wieder zurück in den Keller gebracht". Ihm kamen schon die Tränen als er sagte: „Bitte Torben, du darfst mir nicht böse sein, aber der Geheimpolizist weiß, dass Frau Meisner eine Böse ist und man sie unter Beobachtung stellen muss, geh nicht hin, die ist gefährlich."

Torben war entsetzt. „Was ist da passiert? Was hat der Polizist gemacht, wobei hast du ihm geholfen?"

„Wir haben im Schuppen ein Loch in die Wand geschlagen und einen neuen Spiegel im Bad eingesetzt, das war alles, dann durfte ich nicht mehr in den Schuppen, weil Frau Meisner eine Verbrecherin ist und sehr gefährlich".

„Mein Gott Sören, was hast du gemacht". Torben war erschüttert. „Komm Kathi, wir müssen rüber, da stimmt was nicht". Kathi folgte ihm sofort. Torben drehte sich noch mal um und ermahnte Sören, hier im Haus zu bleiben. Sie liefen schnell über den Rasen durch den Garten bis hin zum Schuppen. Torben sah sofort, dass der Schlüssel fehlte. Er rüttelte an der Tür, aber sie war verschlossen. „Kathi, ruf sofort die Polizei, ich trete die Schuppentür ein". „Sei vorsichtig, du weißt nicht was dich drinnen erwartet". Sie lief zu ihrem Auto, weil sie ihr Handy darin hatte. Torben hatte es sich anders überlegt. Wenn er die Tür eintrat, könnte man ihn drinnen hören, und wer weiß was dort los war. Er rannte zurück zum Haus und holte sich den großen Schlüsselbund. Er wusste nicht mehr welcher Schlüssel für das Dachhäuschen war und erst nach dem dritten Versuch ging die Tür auf. Totenstille im ganzen Haus.

„Frau Meisner" rief er, „sind sie da?" Keine Antwort. Er ging leise und vorsichtig den Flur entlang ins Wohnzimmer. Tatsächlich, die Türen fehlten und er konnte bis ins Bad sehen. Aus dieser Perspektive sah er nur zwei Beine. Der Stellung nach saß die Person wohl auf einem Stuhl. „Frau Meisner, sind sie da? Kann ich ihnen helfen?" Er ging weiter Richtung Bad als ein schwerer Schlag ihn hinten am Kopf traf. Lautlos glitt er zu Boden, totale Schwärze lullte ihn ein, ein starkes Rauschen in den Ohren, dann versank er in eine gnädige Ohnmacht. Mike stand noch immer mit einem Brecheisen hinter Torben. Er lachte laut. Gut dass er noch so ein gutes Gehör hatte. Torben war ja auch nicht gerade leise, als er versuchte die Tür zu öffnen. Zeit genug um sich aus dem Schuppen dieses Brecheisen zu schnappen und auf den richtigen Moment zu warten zuzuschlagen.

„Tja Celina mein Herz, das ist wohl nicht dein Tag heute, da kommt ein großer starker Mann um dich zu retten und liegt nun bewusstlos am Boden. Pech gehabt. So schnell wird der wohl nicht wieder erwachen – wenn überhaupt".

Kathi hatte unterdessen die Polizei alarmiert. Sie wollte sich nicht mit langen Erklärungen aufhalten und sagte nur: „Bitte kommen sie schnell, im Haus sind Einbrecher". Schnell nannte sie noch Name und Adresse und legte auf. Wo war Torben, die Tür stand auf, sie ging vorsichtig darauf zu, schlich leise in den Flur und schaute sich um. Sie konnte später nicht sagen, warum sie vorsichtig und leise war, es war pure Eingebung, weibliche Intuition.

Sie hörte wie jemand sprach: „Celina, du sagst ja gar nichts mehr, bekommst du nicht genug Luft?", er lachte irre über seinen Scherz. Celina konnte nur noch röcheln, ihr Gesicht war schon leicht bläulich, die Augen weit aufgerissen. „So wollte ich dich haben, große Augen, rosiges, na ja bläuliches Gesicht und in meinen Händen, ich liebe dich süße Celina".

Kathi gefror das Blut in den Adern. Vor ihr lag Torben. Er blutete stark am Kopf. Neben ihm stand ein Brecheisen an den Schrank gelehnt. Ohne zu überlegen schnappte sie sich das Eisen, schlich in Richtung Bad.

Zum Glück streckte ihr der Typ den Rücken zu. Sie holte aus und schlug mit voller Kraft auf den Rücken des Einbrechers. Der sank zu Boden, ohne sich umzudrehen. Mit dem Gesicht auf den Fliesen lag er da.

Kathi war über ihre Tat selbst entsetzt, dann sah sie Celina, die röchelnd auf dem Hocker saß und nur von einem Gürtel am Hals am Niedersinken gehindert wurde. Sie stieg über den Mann und eilte zu Celina. Mit großer Mühe konnte sie den Gürtel vom Rohr trennen und somit auch die Schlinge erweitern. Sie musste sich beeilen, denn Celina war in Ohnmacht gefallen und fiel ihr vom Stuhl entgegen. Kathi legte sie auf den Boden. Sie musste sie neben ihren Peiniger legen, sie konnte sie nicht in ihrem Zustand wegtragen.

Sie holte einen Waschlappen und benässte ihn, um ihn Celina auf den Hals zu legen. Sie wollte eben den Krankenwagen rufen, als sie aus den Augenwinkeln eine Bewegung ausmachte. Sie drehte sich abrupt um, und da stand der Typ vor ihr mit hasserfüllten Augen und der Stange in der Hand, mit der sie ihn niedergeschlagen hatte.

Er holte aus um Kathi zu töten, da knallte ein Schuss von der Tür her, Mike sah sie verwundert an und fiel ihr so entgegen wie zuvor Celina, nur dass Kathi zur Seite trat und er ein zweites Mal mit dem Gesicht nach vorn auf den Fliesen lag.

„Na das war aber knapp", meinte der Polizist. „Kennen sie den Mann?"

„Nein, aber ich glaube das ist der Ex-Freund meiner Freundin, bitte rufen sie den Krankenwagen. Es liegt noch ein Verletzter im Haus". „Den haben wir schon gesehen, deswegen sind wir ja mit gezogener Pistole und ohne Warnung weitergegangen. Den Krankenwagen hat mein Kollege schon angerufen."

Celina war noch immer bewusstlos als der Krankenwagen ankam. Kathi fuhr mit ins Krankenhaus. Unterwegs informierte sie Sabrina von den Überfällen und Mordanschlägen und bat sie noch ein paar Tage zu bleiben. Sabrina war entsetzt. „Meine arme Schwester, ich habe sie nicht ernst genommen und jetzt liegt sie im

Krankenhaus". Sie weinte bitterlich. Michael nahm sie in die Arme und tröstete sie so gut es ging. Er rief ein Taxi, der sie nach Hause fuhr.

„Hier kannst du nicht bleiben, komm mit zu mir, die Spurensicherung wird sicher bald kommen, wir können da nicht mehr rein." Michael hatte Recht. Sie nahmen ein Taxi ins Krankenhaus in das Celina und Torben gebracht wurden. Kathi lief aufgeregt im Gang hin und her und war sehr froh nicht mehr alleine zu sein als sie das Pärchen kommen sah. „Es gibt nichts Neues, wir müssen warten, Torben wird noch operiert und Celina ist noch nicht aus der Ohnmacht erwacht."

Die Polizei kam ins Krankenhaus um von Sabrina Informationen zu erhalten. Sie fuhr mit ihnen zurück zum Dachhäuschen, wo der tote Mike noch lag. Es wimmelte von Beamten. Als Sabrina Mike sah, konnte sie die Tränen nicht zurückhalten. Mit diesem Schuft hatten sie Beide geschlafen, unerklärlich, wie sie das nur hatten tun können. Jetzt ist er tot. Sie nannte den Beamten den Namen des Toten, erzählte alles was sie wusste und war danach so fertig, als wäre sie einen Marathon gelaufen.

Ein Polizist fuhr sie wieder ins Krankenhaus. Michael wartete auf sie, von Kathi keine Spur. „Wo ist Kathi?" „Sie durfte zu Celina ins Zimmer, Celina ist zu sich gekommen, kann aber noch nicht sprechen, aber die Ärzte meinen, sie wird sich bald erholen", strahlte er, weil er Sabrina diese schöne Neuigkeit berichten konnte. Ein Arzt kam aus dem OP heraus, und fragte nach Angehörigen von Torben Klimke. Unschlüssig sahen sich Sabrina und Michael an. Sabrina fand als erstes Worte: „Ich bin seine Schwester, wie geht es meinem Bruder?" „Die Operation ist gut verlaufen, sie können kurz zu ihm". Sabrina grinste Michael an, „bin gleich wieder da".

Am Bett von Celina fragte Kathi: „Gehst es dir so einigermaßen?" Celina nickte. „Du weißt dass Mike tot ist?" ein weiteres nicken. „Torben?" flüsterte Celina. „Es geht ihm gut", das hoffte sie jedenfalls, denn sie hatte die Nachricht ja noch nicht erhalten. „Gut", stieß Celina erleichtert aus. „Bleibst du im Dachhäuschen wohnen?" Ein Nicken war die Antwort, und das mit einem friedlichen Gesichtsauszug.

Celina versuchte mit ihren verbundenen Händen Kathis Hand zu fassen und flüsterte: „Danke".

Nun ist ein Traum für mich in Erfüllung gegangen und ich darf mein erstes Büchlein in der Hand halten. Niemand kann ermessen oder erahnen was das für mich bedeutet. Freude über alles. Ich hoffe liebe Leserinnen und Leser, dass Sie von meinem Roman nicht enttäuscht worden sind.

DANKSAGUNG

Dass ich „Spiegel des Horrors" überhaupt fertigstellen konnte, verdanke ich meinem Mann „Kuddel", der oft zurückstecken musste, meiner Schwester Kathi, die schonungslos mir ihre Meinung als Erstleserin kund tat sowie meiner Nichte Theresa, die ebenfalls objektiv den Roman las.

Danke sagen möchte ich aber auch vor allem meiner treuen Seele Rosi Teller, die das Buchcover entwarf und mir bei vielen technischen Dingen zu jeder Zeit und damit meine ich zu jeder Zeit, unter die Arme griff.

Allen sei ganz herzlich gedankt.

Verlagsinformation

Wir bieten neben bekannten und prominenten Autoren auch für noch unbekannte Erst-Autoren die ideale Plattform für Buchveröffentlichungen. Thematisch setzt sich der Verlag kaum Grenzen. Es werden sowohl von bekannten als auch unbekannten Autoren Bücher verschiedenster Themen veröffentlicht. Damit trägt der Verlag zu einer Bereicherung auf dem Literaturmarkt bei, kann so ein breites lesebegeistertes Publikum ansprechen und gibt damit den Autoren eine optimale und wirtschaftliche Lösung zur Veröffentlichung ihrer Buchmanuskripte. Ein Vorteil für die Buchautoren besteht unter anderem darin, dass Bücher, je nach Auflagenhöhe, im Verfahren „Books on Demand" (Digitaldruck) oder – bei höheren Auflagen – im Offsetdruck hergestellt und veröffentlicht werden können.

www.JoyEdition.de

Joy Edition · H. Harfensteller
Gottlob-Armbrust-Str. 7 · D-71296 Heimsheim
Telefon 07033 306265 oder 306263
Fax 07033 3827 · Hotline 0171 3619286
info@joyedition.de